KB196816

장호

장호

탁동철 동화 ─ 나오미양 그림

 양철북

차례

우리 마을은 삼태기골 _ 6

싸움 _ 10

산길 _ 16

교실 _ 26

규칙 _ 38

구덩이 _ 53

구석 _ 65

봄 산 _ 80

불 _ 101

물 _ 120

가을 산 _ 144

멧돼지 _ 170

떡볶이 _ 189

겨울 언덕 _ 204

작가의 말 _ 222

우리 마을은 삼태기골

양양 읍내에서 설악산 서쪽 골짜기로 30분쯤 버스 타고 들어가면 삼태기골이라고, 산으로 둘러싸인 작은 마을이 나와. 마을에는 오래된 학교가 하나 있었는데, 얼마 전에 문 닫았어. 교실은 허물고 교문에는 쇠사슬을 둘러쳤지. 산짐승은 늘어나서 골짜기마다 시끌벅적해도 아이들이 줄어드니 어쩔 수 없었어. 아이들 대신 산짐승을 가르칠 수는 없으니까. 그런데 사람들 사이에 무슨 바이러스라는 게 퍼져서 도시 아이들이 먼먼 산골짜기 이곳으로 피난 오는 바람에 학교가 다시 살아났대. 교실 대신 땅굴을 파서 지낸다는 말도 있고, 쇠로 된 상자 집을 급하게 갖다 놓았다는 말도 있어.

학교에서 뒤로 보이는 골짜기를 향해 한 시간 반쯤 부지런히 걸어 올라가면 통나무로 지은 집이 한 채 나와. 걷지 않고 뛰면 더 빨리 갈 수도 있지. 자동차를 타면 더 빠르냐고? 자동차는 못 가. 좁고 가파른 산길에 도랑물을 두 번이나 건너야 하거든.

골짜기 통나무집에는 할아버지가 혼자 살아. 아니, 요즘엔 둘

이야. 도시 학교 다니던 손자가 와서 같이 사니까. 얼마 전까지
마을 사람들은 할아버지를 '여우고개 외딴집 노인네'라고 했는
데, 손자가 온 뒤로 바뀌었어. 뭐였더라? 손자 이름을 따서 아무
개 할아버지였는데, 손자 이름이….

　지금 그 할아버지의 손자라는 아이가 산 아래로 내려오는 중
이야. 이끼 낀 큰 바위 옆을 지나서 도랑물을 건너서 자박자박자
박. 어둑한 골짜기에서 노루가 울어. 고라니가 울고 멧비둘기가
울어. 울고 또 울어. 꾸우구우꾸구 궁금하다고, 허엉허엉 어서
말해 달라고. 아이가 두 손 입에 모으고 "시끄럽다니까! 나도 모
른다니까!" 했다가, 다시 입을 가리고 조그맣게 대답했어.

　"내 이름은 장호."

싸움

......

언덕 위 박달나무 둥치에 등 기대고 서서 마을을 바라본다. 내
가 서 있는 이곳부터 마을 어귀와 앞 냇물 굽이쳐 들어오는 곳을
선으로 이으면 세모 모양 삼태기랑 비슷하다. 할아버지가 "우리
마을은 삼태기골이여. 위에서 내레다보면 마을 모양이 꼭 거름
퍼 담아 나르는 삼태기처럼 생겼거덩." 했는데, 정말 그렇다.

삼태기 안에 집과 길과 논밭이 다 있다. 따져 보니 할아버지랑
나는 삼태기 안쪽이 아니라 삼태기 바깥쪽 사람 같다. 삼태기 뒤
에 기다란 끈을 매단 것처럼 꼬불꼬불 산길 따라 저 먼 위 골짜
기, 여우재 고갯마루에 사니까.

오늘 아침 할아버지가 "장호, 정신 바짝 채리고 들어라이" 하며
나를 붙잡아 앉혀 놓고 알려 줬다. 산 아래는 누가 사는지, 어디

어디 인사 다녀야 할지. 한 가지씩 알려 줄 때마다 장단 넣듯 방바닥을 탁탁 후려쳤다.

"탁! 회관 옆에 있는 물푸레낭그가 서낭신이 머무는 서낭낭그여. 나보다 오백 살이나 더 나이 먹었거덩."

"탁! 산 아래 첫 집은 새곰밭집인데 그 할머니가 동갑내기다. 탁! 뒤란에 장작이 산더미처럼 쌓여 있는 집 아주머이는 힘이 장사라서 맨손으로 소 한 마리를…. 탁! 앞 냇가 깊은 소에는 어른 키만 한 메기가…. 탁! …탁!"

이장님 오토바이는 무슨 색깔인지, 마을 한가운데 기와집에는 누가 사는지, 시냇가에 악어랑 하마가 산다고 했는지, 그건 생각 안 난다. 동갑내기가 무엇인지, 새곰밭집 할머니가 어쩌다 동갑내기가 되었다는 건지, 그것도 헷갈린다. 내가 한눈팔지 않게 하려고 넣은 손바닥 장단인데, 나는 할아버지 말보다는 할아버지 손바닥이 방바닥 후려치는 소리에 정신 팔렸다. 정확하게 열두 번이었다. 방바닥이 열두 번이나 두들겨 맞는 동안 할아버지 입에서 나온 이야기 중에서 몇 가지는 어렴풋하게 남아 있었는데, 도랑물을 두 번이나 겅중 뛰어 산길 내려오는 동안 거의 잊어먹고 말았다. 한 번만 건너뛰었어도 머릿속에 담은 게 반은 남았을 텐데.

산 아래 첫 번째 집 마당에 서서 작은 소리로 동갑내기 할머니를 불렀다.

"할머이!"

아무 대답 없다. 이번에는 좀 더 크게 "동갑내기 할머…" 하고 부를 때 마당 앞 살구나무 둥치 사이로 붉은빛이 휙 스쳐 갔다. 저게 뭐야, 하며 얼른 나무 뒤로 몸을 감췄다. 이미 늦었다. 정체를 드러내고 다가오는 몸. 붉은 털, 사나운 이빨, 날카로운 발톱, 피에 굶주린 눈. 한 발 한 발 다가올 때마다 나는 한 발 한 발 뒷걸음질쳤다.

"제발 오지 마세요."

땅 구멍으로 숨을 수도 없고, 위로 오를 수도 없고. 등 뒤로 더듬더듬 짚으며 살아 나갈 곳을 찾다가 한쪽 귀퉁이가 허물어진 벽 틈으로 기어 올라갔다. 저 멀리서 소리가 들렸다.

"위험해!"

바깥으로 내릴까, 안쪽으로 내릴까 망설이는 사이에 놈이 담장 벽 위로 앞발을 걸쳤다.

"꺼져 버려. 가라고!"

엉덩이 뒤로 끌며 물러났다. 부스스스, 시멘트 부스러기가 떨어져 내렸다. 내 눈을 똑바로 본다. 빈틈을 노리는 눈, 얕잡아 보는 눈, 노려보는 눈….

나는 놈보다 더 큰 소리로 짖었다.

"으헝! 나쁜 놈! 너는 왜 그딴 눈이야!"

입었던 잠바를 벗어 휘둘렀다. 놈이 앞발로 잠바 끝 쪽을 눌렀다.

"이거 놔, 놓으라고!"

와락 당기며 물러서는데 뒤로 짚은 손에 단단한 뭔가 잡혔다. 대나무 장대, 담장에 기대어 있던 걸 끌어올려 앞으로 푹푹 내질렀다.

"네가 뭔데! 네가 뭔데 나를 그런 눈으로 봐!"

아가리 벌려 장대 끝을 깨문다. 크아앙, 놈보다 더 크게 짖으며 힘껏 잡아 뺐다가 푹 찔렀다. 깨갱, 하며 뒤로 나자빠질 때 잠바가 같이 떨어지며 놈의 대가리를 덮었다. 반격할 기회를 주지 않기 위해 잽싸게 뛰어내리며 덮쳤다.

"나쁜 놈아, 크아악!"

한쪽 팔로 목덜미 휘감아 조르며 머리통을 콱 물어 버렸다. 주먹으로 후려쳤다.

"너 같은 것! 너 같은 것! 너 같은 것!"

뒷발로 바닥 긁으며 발버둥 친다. 발버둥 칠 때마다 흙과 돌이 튀겨 사방으로 흩어졌다. 바닥에 움푹 구멍이가 생겼다. 내 눈이 뒤집혔다.

"죽어 죽어 죽어…."

"왜 나한테만 나한테만…."

"그만해. 그만 그만 그만⋯."

어디서 오는 소리인지, 개 소리인지, 내 소리인지, 아까 그 소리인지. 목덜미 감았던 팔을 풀며 소리쳤다.

"꺼져! 가라고!"

두 다리 사이에 꼬리 끼운 채 힐끔거리며 사라진다. 나에게 덤볐던 두한이 녀석도, 나에게 소리치던 어른들도 꼭 저런 눈이었다. 주먹 불끈 쥐고 서서 끝까지 지켜보았다. 정신 차려야 한다, 정신. 언제 어디서 다시 치고 들어올지 모르니까.

퉤퉤, 입에 문 털을 뱉어 내며 녀석이 사라진 쪽으로 돌멩이를 던졌다.

"쓸모없는 놈, 짐만 되는 놈, 재수 없는 놈!"

할아버지가 집집이 돌며 인사하라고, 삼태기 마을 어른들이 반가워할 거라고 해서 산길 내려왔는데, 처음부터 나를 해코지하려는 것뿐이다. 인사고 뭐고 다 필요 없다. 발버둥 친 구덩이에 아무렇게나 처박힌 잠바를 주워 들고 왔던 길 되돌아 걸었다.

박달나무 언덕 올라 두 번째 도랑 지날 때 푸닥닥 소리에 놀라 뒤로 자빠질 뻔했다. 녀석도 놀랐는지 "꿔궈겅!" 날아올라 골짜기 저편 대나무 숲으로 펄썩 떨어져 내렸다.

"이 나쁜 놈아, 깜짝 놀랐잖아!"

꿩이 내린 숲으로 돌멩이를 집어 던졌다.

"쓸모없는 놈, 재수 없는 놈, 죽어 버려!"

두 번 세 번 돌팔매질하고 돌아서는 순간 따딱 딱, 뭔가가 덮치
듯 머리 위에서 내리꽂혔다.

"으악!"

펄쩍 물러서다가 철퍽 자빠지고 말았다. 던진 돌멩이가 나무
꼭대기 우듬지에 부딪혀 튕겨 나온 것이다. 하마터면 머리 깰 뻔
했다. 내가 던진 돌멩이였으니 맞아서 피가 터져도 할 말 없다.
어릴 때 자주 다녔던 길인데, 미처 몰랐다. 여기에 이렇게 큰 가
래나무가 서 있을 줄이야. 땅 짚고 앉아서 한참 올려다보았다.
잎 다 떨군 나무가 하늘을 찌를 듯이 힘을 뿜어내고 있었다. 내가
없는 몇 년 사이에 우썩 자랐나 보다.

손 털며 일어서는데 덤불 속에서 바스락 소리 났다. 잽싸게 돌
멩이 집어 들고 소리 나는 쪽을 노렸다. 청미래덩굴 아래 불룩 솟
은 가랑잎 밑에 땃쥐 한 마리, 까만 눈알 반짝이며 내다보고 있
다. 겨우내 무게에 눌렸던 마른 풀 줄기가 비스듬히 몸 일으키고,
눈 녹아 젖은 흙더미에서 부스러기 흙이 도르륵 굴러 내렸다. 손
에 쥔 돌멩이를 아무 데나 내던지고 가넌 길 갔다.

산길

. . . . . .

"할아버이, 제발요!"

내가 소매 잡아끌었다.

"전 다 안단 말이에요. 계산도 알고 세상 돌아가는 것도 다 알아요."

할아버지가 문간 나서려다 말고 "나보다 낫다이" 하며 허허 웃었다.

"대인 기피증이래요, 저는. 거기 선생님이."

"기피증? 오, 그런 면허증도 땄너?"

말이 안 통한다.

"하여튼 학교는 싫어요. 애들도 싫고, 선생도 싫고, 공부하는 것도 싫고, 다 싫어요."

"그럼 다시 인천으로 갈란?"

거기는 더 싫다. 다시는 큰고모 집에서 살고 싶지 않다. 차라리 가출해서 멀리 도망치고 말 거다.

"인천은 안 돼요. 여기서 할아버지랑 살래요."

나는 작년 여름부터 학교를 그만뒀다. 하지만 할아버지랑 사는 걸 그만둘 수는 없다. 나는 이제 엄마도 없고 아빠도 없다. 나를 두고 떠났으니 내 엄마 아니고, 나 같은 아들은 둔 적 없다고 하니까 내 아빠 아니다. 나에게는 할아버지밖에 없는데, 할아버지도 몸이 좀 안 좋다. 그것 때문에 할아버지는 내가 세상에 혼자 남았을 때 살아가는 방법을 알려 주려고 애쓴다. 언제 홀쩍 먼 곳으로 떠날지 알 수 없다이, 하시며.

"할애비랑 살려거든 핵교를 댕게야 한다이."

이렇게 말끝을 높일 때는 소가 밟아도 못 꺾을 고집이라 버텨 봤자 소용없다. 붙잡았던 소매를 슬그머니 놓았다. 할아버지가 똑바로 서서 옷깃 바로 세우고 넥타이 주름을 폈다.

"나 먼저 간다이."

하나밖에 없는 밤색 구두를 챙겨 신고 문밖으로 나가섰다. 하나밖에 없는 검은색 책가방을 메고 나도 뒤따라 나갈 수밖에 없었다.

뒤 골짜기에서 꿩이 울었다. 직박구리가 깩깩거리며 소나무

가지에서 가지로 옮겨 갈 때 으스스스스, 눈가루가 흩어져 내렸다. 나무도 산도 지붕도 온통 환한 눈 세상인데 내 마음은 왜 이리 어둡기만 한지.

눈 위에 찍힌 할아버지 발자국만 내려보며 걸었다. 터덜터덜 발 디딜 때마다 이빨 가는 소리가 났다. 뿌드득꾸득꾸드득….

'학교만 안 갈 수 있으면 얼마나 좋을까. 개똥 밟아도 좋고 소똥 밟아도 좋다. 학교만 안 갈 수 있다면 밥을 열흘 굶어도 좋다. 이빨 드러내고 다가오는 학교, 혀 날름대며 다가오는 학교, 으악 도망치자, 저리 가 꺼져, 이건 꿈일 거야, 어서 꿈에서 깨야 해.'

잠꼬대처럼 씨부렁거리며 가다 보니 갑자기 눈 위에 찍힌 구두 발자국이 화살표 모양으로 바뀌었다.

'으아, 이게 뭐야. 할아버지 발이 새 발가락으로 변하다니.'

한 줄로 쪽 이어지던 화살표 모양 발자국이 꽃나무 밑에서 끊어졌다. 마지막 자리는 손바닥으로 도장 찍은 것처럼 움푹 패었다. 바닥을 치며 급하게 날아오른 걸로 보아 사나운 매가 공중에서 후려 덮쳤나 보다. 으아, 큰일 났다. 매가 우리 할아버지를 낚아챘어.

"할아버이, 거기 계세요?" 하며 올려보니 하늘은 파랗고 꽃나무는 눈에 덮였고, 저만큼 앞에 할아버지는 아무 일 없이 가기만 한다.

하얀 눈 이불 뒤집어쓰고 서 있는 꽃나무 가지 끝에 노란빛이 설핏 비친다. 할아버지가 말없이 다가가 꽃송이 한 개를 따더니 코에 대신다.

"햐아, 봄이 인제 다 왔다이."

나도 할아버지 하던 대로 냄새 맡았다. 염소가 오줌 눈 자리에서 나는 냄새랑 비슷했다. 할아버지가 말하기 전에 내가 얼른 말해 버렸다.

"지린내꽃이에요, 헤헤."

아니, 지린내라고 하면 꽃나무가 안 좋아할 것 같다. 지린내꽃보다는 배짱꽃이나 앞장꽃이 어떨까. 다들 추울까 겁먹고 웅크리는데 이 꽃만 얼어 죽든 말든 배짱 좋게 앞장서 피었으니까.

"앞장꽃이에요. 진짜 이름은 생강나무꽃."

할아버지가 끄덕였다. 이름을 잘 짓는 것만 봐도 내가 학교에서 배우는 것보다 산에서 배우는 게 더 낫다는 걸 알아차리셨겠지.

"앞장꽃이라…. 그거 좋다야. 그러니께이 손주가 이제부터 앞장스라이."

등 떼밀어 나를 앞에 세웠다. 이때부터 나는 앞장서서 걸었다.

석석석석, 발톱으로 껍질 긁는 소리 내며 청설모가 나무줄기타고 바쁘게 내달렸다. 가지 끝에 앉아 내 쪽을 보며 츳츳츳 칫

칫, 떠들어 댄다. 청설모가 앉은 나무를 가리키며 말했다.

"저 나무는 껍질이 자꾸 일어나서 가려우니까 '아이고 가려워 나무'예요. 진짜 이름은 거제수나무."

"저건 왕버들. 부들부들 떨려. 왕 떨려."

우뚝우뚝 높게 서 있는 나무들을 하나하나 짚으며 걸었다. 그동안 내가 학교 안 갔기 때문에 얼마나 많이 똑똑해졌는지 보여주고 싶었다. 학교만 안 갈 수 있다면 앞으로 나는 얼마든지 더 똑똑해질 것이다. 학교만 안 갈 수 있다면 나는 이 산에 있는 식물 이름이 천 개, 아니 만 개가 넘는다 해도 다 알아내서 척척 말할 수 있을 것이다.

"엄나무, 가래나무, 물푸레나무, 피나무, 박달나무, 버드나무, 은사시나무…."

학교 그만두고 집에 있는 요 몇 달 동안 할아버지와 함께 산길이며 개울 길을 다니다 보니 어릴 때 기억들이 하나하나 살아났다. 막 걸음마를 시작할 때부터 여덟 살이 될 때까지 할아버지가 나를 앞세우고 다니며 노래하듯 중얼거리던 이름들이 어떻게 지금까지 안 지워지고 내 속에 머물러 있는지 모른다.

'삼태기를 매야 하는데 물푸레가 어딨더라… 죽은 산뽕낭그에는 상황버섯이 돋는데, 느릅나무에는 누름바래기버섯이 돋고. 저기가 자작낭그구나. 산나물 뜯으러 가서는 자작낭그 물 받아

서 쌀 안쳐 밥해 먹고, 목마르면 다래낭그 잘라서 물 먹고. 요건 담비가 가다가 잠깐 멈춘 자린데….'

냄새와 무늬, 그림자를 보면 이상하게도 그것과 짝지어 새겨 놓은 것처럼 몸 어딘가에 스며 있던 이름들이 되살아났다. 가만히 보고 있으면 나무가 속삭이듯 자기 이름을 말해 주는 것 같았다.

"고로쇠나무, 소태나무, 다래나무, 가죽나무, 개암나무, 옻나무, 산벚나무….'"

이름 알아맞히며 걷다 보니 어느새 두 번째 도랑 건너, 박달나무 언덕을 내려와, 동갑내기 할머니네 집 지나, 다섯 집이 모여 있는 첫 마을까지 왔다. 파란 대문 집 마당에 세워 둔 경운기 바퀴 안쪽에서 빛이 반짝했다.

"야!"

발로 바닥을 구르며 소리쳤다. 후닥닥, 줄무늬 고양이가 튀어나와 집 뒤로 사라진다. 나도 달아나고 싶다. 하지만 할아버지와 나 사이에 팽팽하게 이어진 마음의 끈을 끊어 버릴 수는 없다.

아름드리 밤나무가 구부정하게 서 있는 집 앞을 지날 때 개가 짖었다. 대가리에 하얀 반창고 붙인 채 앙앙거리는 녀석, 며칠 진 나한테 얻어맞았던 누렁이 녀석이다. 입 벌릴 때마다 허연 입김이 올라갔다.

"닥쳐! 이빨을 확 뽑아 버릴라. 크어어."

주먹을 치켜들자 녀석이 흘끔 뒷걸음질쳤다. 내가 개를 겁주는 동안 할아버지가 다시 앞으로 갔다. 바위처럼 무뚝뚝한 뒷모습 바라보며 울 것 같았다.

"할아버이, 제발요."

나도 모르게 우는소리가 나왔다. 할아버지가 고개 돌렸다.

"마음속에 이미 있는 것만 배울 수 있다고 하셨잖아요. 제 마음속에는 이제 학교가 없어요."

"지금부터 채근채근 들여놓으면 되지 않겠?"

"할아버이는 아무 학교도 안 다녔는데 잘 사시잖아요."

"그때는 가난해서 핵교 댕기고 싶어두 못 댕긴 거여."

"그럼 우리도 가난하면 되잖아요."

"지금도 가난해. 할애비 돈 읎다이."

"돈 없으니까 학교 안 다녀도 되잖아요."

"핵교 앙이 보내면 벌금을 물어야 한다잖어. 새곰밭집 할멈재이 하는 말이."

내가 내 맘대로 학교 안 간다는데 왜 벌금을 물어야 한다는 것인지. 나는 어쩌면 다람쥐나 노루보다 안 좋게 세상에 태어난 거 같다.

"벌금이 얼마나 된대요? 제가 일해서 벌면 안 될까요?"

"아마 염소를 팔어야 할지도 모른다이."

염소 판다는 말에 겁이 더럭 났다. 할아버지 당뇨병 나으려면 우리 집 하양둥이 염소한테서 짜내는 젖이 꼭 있어야 하기 때문이다.

"그런데 핵교가 여직 남아 있을라나 모르겠네. 아덜이 읎어서 문 닫는다는 소릴 들은 것 같은데."

귀가 번쩍 뜨였다.

"그럼, 학교가 없어졌으면 안 다녀도 되지요?"

"앙이, 앙이다야. 새곰밭집 할멈재이 말로는 요새 서울 아덜이 산촌 유학인지 뭐인지 한다고 왌게 와서 학생이 마이 늘었다더라."

어깨가 축 늘어졌다. 서울 애들은 그냥 거기서 살 것이지, 왜이 이 산골까지 찾아와서 나를 고생시킬까, 생각하다가 할아버지를 놓치고 말았다. 뒤 한 번 안 돌아보고 걷던 할아버지가 마을 회관 옆 늙은 물푸레 서낭나무 그늘 속으로 사라졌다. 봄눈 하얗게 덮인 들판 위로 햇볕이 부딪혀 시금시금 눈부셨다.

"할아버이!"

아악아악 짖던 까마귀가 기우뚱하며 전깃줄을 흔들어 내 머리 위로 눈 무더기가 떨어졌다. 힘없이 숙인 채 발자국을 뒤쫓았다. 커다란 구두 발자국 위에 내 운동화 발자국을 눌러 담으며 꾸드득 뿌드득 갔다. 가야 할 곳이 가까워질수록 심장 소리가 커졌다. 코에서 나오는 숨이 짧아졌다. 머릿속에 욕이 차올랐다. 다리 힘이 풀렸다. 학교라는 그곳에 내 몸이 한 발 한 발 다가갈수록 내 마음은 더욱더 깊은 산속으로 멀어졌다.

교실

． ． ． ． ． ． ．

운동장 가장자리에 네모 상자가 늘어섰다. 상자 지붕마다 털 가죽을 쓰고 웅크린 것처럼 하얀 눈 폭폭 덮였다. 상자 벽마다 피 흘린 것처럼 붉은 줄 죽죽 흘러내렸다. 으악 귀신 집이다, 하며 보니 피가 아니라 녹이다. 벌겋게 녹슨 네모 상자가 교실인가 보다. 상자 속에 갇힌 아이들은 어떻게 하고 있을까. 작년까지 다녔던 학교는 3층짜리 건물이 세 개나 서 있는 크고 멋진 새 학교였는데, 여기는 낡고 작고 녹슨 헌 학교다.

운동장 한복판에 높다랗게 쌓인 모래 더미와 아무렇게나 널브러진 삽들도 반쯤 눈에 묻혔다. 짐승 잡으려고 파 놓은 함정이 곳곳에 있어서 빠지지 않도록 조심조심 발을 옮겼다. 이런 데서 공 차면 엉망진창 재미있을 것 같다. 함정 구덩이 속에 납작 숨어 있

다가 갑자기 튀어나와 골을 넣을 수도 있고.

앞서가던 할아버지가 구덩이 앞에 멈춰 서서 한참 내려다보셨다.

"쬐꿈 더 파내야 멧돼지가 구데이 속에 까꿀로 냉게 배캐서 못 나올 텐데…."

혼잣말하며 세 번째 귀신 집 뱃속으로 들어갔다. 나 혼자 밖에서 서성거리며 할아버지가 나오기를 기다렸다. 이대로 혼자 가 버릴까, 생각했지만 그냥 견디기로 했다. 염소를 팔 수는 없으니까.

3학년쯤 되어 보이는 아이 셋이 도둑처럼 힐끔힐끔 내 얼굴을 쳐다보며 지나쳤다. 나는 반대편으로 고개 돌려서 저쪽에 볼일이 있는 것처럼 걸었다. 다섯 번째 상자 지나 왼쪽으로 걷다 보니 6학년 픗말이 붙은 상자 집이 보였다. 지나쳐 가려는데 반쯤 열린 문틈으로 떠들썩 싸우는 소리가 새어 나왔다.

"뭘 꼬라봐?"

"어쩔."

"눈깔을 뽑아서 뱀한테 던져 줄까?"

"혓바닥 뽑아서 레드 카펫 깔아서 연예인들 돌아다니게 해 줄까?"

나도 모르게 걸음 멈추고 귀 쫑긋 세웠다.

"네가 욕했잖아."

"난 안 했는데?"

"나는 들었다고."

"기억 안 나는데."

"네가 기억 못 하면 안 한 거야?"

입만 나불대는 멍충이들. 밤마다 뒷산에서 왁왁 짖어 대는 고라니가 형님, 하며 달려오겠다. 돌아서려는데 뒤에서 흠흠, 헛기침 소리가 들렸다.

"왜 거기 있어? 안 들어가?"

여기 학교 선생인가 보다. 내 손 잡아끌어 상자 속으로 데려간다. 짐승 우리로 들어가는 것 같다. 우리 안은 좁고 어둡고 삐걱거리고, 아이들은 멍청하고 시끄럽고. 마음에 드는 게 하나도 없다. 당장 뛰쳐나가고 싶다. 싫다. 나는 여기가 싫다. 그러니까 여기 아이들도 내가 싫을 거다. 호랑이 굴, 아니 짐승 굴에 잡혀가도 정신만 차리면 산다고 했으니까 나는 어금니 꽉 깨물고 주먹 불끈 쥐고 정신을 바짝 차렸다.

"전학생입니다. 새로 온 친구한테 박수."

선생님 혼자 말하고 혼자 손뼉 쳤다. 아무도 거들떠보시 않는다.

"내가 기억 못 해도 네가 했다고 하면 한 거야?"

찢어지는 목소리와 함께 신발이 날아왔다. 하마터면 내 얼굴에 맞을 뻔했다. 정신 바짝 차리길 잘했다. 까마귀 눈알처럼 반

질반질한 여자아이가 깨금발로 콩콩콩 오더니 내 옆에 떨어진 신발 한 짝을 주워 신었다. 밖으로 나가려다 말고 홱 돌아서며 한 번 더 내뱉는다.

"네가 그렇게 소원이면 그 소원 들어줄게!"

뒤쪽에 앉은 덩치 큰 여자아이와 한바탕 벌인 말싸움에서 밀렸나 보다. 자기는 하지도 않은 욕을 고칠 방법이 도저히 없다며, 바람 쌩쌩 몰아치는 이 추운 한겨울에 구덩이나 파면서 깊이 깊이 반성하겠단다. 웬 겨울 타령인지. 하얗게 쌓이기는 했지만, 한낮에 해가 하품 한 번 하고 나면 힘없이 녹아 버릴 봄눈인데. 게다가 구덩이는 왜?

"지후, 나도!"

배불뚝이 남자아이가 오른발 절룩이며 뒤따라 나왔다.

선생님이 푸욱, 땅 꺼질 듯 말한다.

"새 친구가 왔는데 인사 좀 하면 어떨까."

새 친구? 나는 새 친구 아니다. 아니, 아예 친구가 아니다. 세차게 고개 저었다.

"와아, 짝짝짝짝."

몇몇 아이들이 마지못해 반기는 척한다. 지후라는 아이가 내 얼굴 빤히 들여다보며 갸웃갸웃, 까만 눈알 한 바퀴 굴리더니 도로 들어갔다. 배불뚝이 남자아이도 절룩절룩 들어갔다. 아까 나올 때는 앞에 딛는 발이 왼쪽이었는데, 들어갈 때는 오른쪽이 앞이다.

맹물처럼 흐리멍덩하게 생긴 남자아이가 갑자기 "어? 너!" 손짓하며 아는 척한다.

"너 며칠 전에 털복이 두들겨 팬 애 아니야?"

나한테 얻어터진 그 미친개가 털복인가 보다. 저들끼리 떠들었다.

"와, 쟤 주먹 세나 봐."

"앙이여, 그 개 엄청 착하다이."

우리 할아버지랑 똑같은 말투를 가진 아이가 있다는 게 신기해서 힐끗 보았다. 방금 절룩거리며 나왔다가 들어간 배불뚝이 남자아이다. 밀가루 자루처럼 배가 불뚝하고 하마처럼 입이 큰 게 힘 좀 쓰게 생겼다. 마을에 소를 번쩍 드는 아주머니가 산다더니, 그 힘 장사 아주머니 아들 아닐까? 조심해야겠다. 잠깐이라도 마음을 늦췄다가는 한순간에 당할 수 있다.

"맞아. 그 개 착해."

"저음 보는 사람도 반갑다고 솔솔 따라다녀."

"내가 위험해, 소리쳤는데도 그냥 좋다고 꼬리 흔들며 다가가더라고."

"같이 놀자는데 왜 때렸지?"

"동물 학대로 신고할까?"

욕이 확 튀어나올 뻔했다.

'맞을 짓을 해서 때렸는데 뭐 어쩌라고, 개 편이나 드는 한심한 녀석들.'

입이 씰룩거렸다. 주먹이 불끈거렸다. 선생님이 내 어깨를 툭 건드렸다.

"이름이 뭔지 친구들에게 말해 주면 안 될까?"

안 된다. 주먹으로 내 입을 가렸다. 선생님이 칭찬했다.

"낯을 가리는군. 그래, 사람은 부끄럼을 알아야 훌륭한 사람이 지."

이름은 지내다 보면 저절로 알 거라면서 소개 안 해도 된다고 했다. 나는 훌륭한 사람 될 생각 없고, 앞으로도 이름은 절대 말 하지 않을 거다.

"부끄러움을 아는 애, 이리로 와."

지후라는 아이가 옆에 있던 빈 의자를 뒤로 빼며 손짓했다. 선 생님이 칭찬했다.

"역시 지후는 배려심이 남달라."

배려심은 개뿔이나. 하지만 언제까지나 여기 서 있을 수도 없 어서 손짓하는 쪽으로 느릿느릿 옮겨 갔다. 의자에 앉지는 않았 다. 그냥 의자 뒤에 섰다. 달팽이 집처럼 내 등에 꼭 붙어 있는 검은색 가방끈만 만지작거리면서.

"어이 친구, 앉아! 여기 앉으라니까."

지후라는 아이가 의자를 내 종아리 뒤쪽으로 옮겼다. 그런다고 앉을 내가 아니지. 서서 버텼다. 녀석이 어이없다는 눈으로 빼꼼 올려다보더니 엉덩이 들썩, 뿡야 내뿜었다. 나는 목을 움츠렸다. 독가스에 정신이 희미해지는 것 같아서 다시 한번 눈 부릅뜨고 어금니 꽉 깨물었다.

"그럼 내 자리에 앉을래? 이건 푹신한 건데."

선생님이 검은색 교사용 의자를 가리켰다.

고개 저었다.

"사양할 줄도 알고. 사람이 염치가 있네."

선생님이 칭찬할 때, 배불뚝이 하마 같은 남자아이가 자기 옆짝을 밀어내며 소리쳤다.

"개 팬 학생, 사양하지 말고 일루 와라이."

마른오징어를 뒤집어쓴 것처럼 생긴 옆 짝이 "이 배신자, 확 패버릴까?" 하며 멱살 쥐고 때리는 시늉을 한다.

선생님이 달려가서 둘을 떼어 놓으며 징찬했다.

"말보다는 주먹이 앞서는 이 멋진 사람들."

지후라는 아이가 내 손 잡아 밑으로 끌었다.

"얌마, 앉아. 그냥 앉으라니까."

갑자기 당기는 바람에 털썩 주저앉고 말았다. 방귀 냄새가 올라오는 것 같았다. 나는 다시 무릎 펴고 일어서서 정신을 바짝 차렸다. 선생님이 칭찬했다.

"오, 저 꺾이지 않는 마음. 저런 걸 '지조'라 하는 거야. 정몽주나 사육신 같은 분들. 너는 지금 그 마음 그대로 가. 쭈욱. 흔들리지 말고."

"오, 지조!" 하며 아이들이 놀라는 시늉을 했다.

"그럼 저는 뭐가 되는데요!"

지후라는 아이가 빽 소리쳤다.

"뭐가 되긴, 지후 되는 거지 뭐. 지조 동생 지후."

북극곰 같은 여자아이가 중얼거리며 귓구멍을 후볐다.

"이름이 장호?"

선생님이 말 걸었다. 나는 아무 말 못 들은 척 가만히 있었다.

"황장호."

할아버지가 이름 알려 줬나? 어디 안 보이는 곳에 들어가 숨고 싶다. 가방끈만 만졌다.

"대나무처럼 꼿꼿하네. 대단해."

선생님이 칭찬했다. 말라비틀어진 미역 줄거리 같은 여자아이가 눈알을 희번득 뒤집으며 화낸다.

"절벽처럼 꽉꽉 막혔는데, 뭐가 대단해요?"

"아냐, 의리가 있어. 몸은 여기로 왔어도 마음은 여전히 거기 학교에 있는 거야. 그동안 사귀었던 친구, 선생님을 어떻게 금방 잊을 수 있겠니. 저런 사람이 독립운동도 하는 거야."

몇몇 아이가 "오, 의리" 하며 놀라는 시늉을 했다.

나는 의리나 독립운동과는 상관없다. 먼저 학교 따위는 떠올리기도 싫다. 내 이름 말하는 것도 싫고 앉기도 싫고, 다 싫다. 염소만 아니었으면 여기 오지도 않았을 거다. 얼른 이곳을 벗어날 생각뿐이다.

골룸 머리통 같은 남자아이가 의자에서 벌떡 일어섰다.

"저도 의리가 있다고요. 자리에 못 앉겠어요. 여기 오기 전에 다녔던 학교 친구들이 생각나서…."

미련퉁이 북극곰 같은 여자아이도 일어났다.

"우리 집 개 멍순이도 의리 있어요."

말라비틀어진 미역 줄거리 같은 아이도 일어나고, 오크처럼 울퉁불퉁한 아이도 일어나고, 오징어 가면을 뒤집어쓴 것 같은 아이도 일어났다.

"나는 내가 좋아하는 그룹 빵터진소년단이 생각나서…."

"아침에 유모차 밀고 시장에 간 할머니가 생각나서…."

선생님이 "오, 이런 의리 있는 사람들" 하며 칭찬했다.

얼굴이 작대기처럼 길쭉한 남자아이가 "전 그딴 의리 같은 거

없어요” 내뱉으며 주먹으로 책상을 내리쳤다.

선생님이 칭찬했다.

“역시 두찬이야. 의리가 없어야 할 곳에는 없어야지.”

이름을 듣는 순간 심장이 쿵쾅거렸다. 나도 모르게 목덜미 어루만지며 움츠렸다. 목덜미에 난 손톱자국이 여전히 따끔거리는 것 같다.

‘두한 두한 두한 두한….’

이름조차 떠올리기 싫은 녀석. 꿈에서도 안 만나고 싶은 녀석. 여전히 인천 학교에서 아이들 괴롭히며 살고 있겠지.

지금 저 녀석은 두한이가 아니다. 녀석이 여기 왔을 리 없다. 하지만 조심해야 한다. 생긴 것도 비슷하고, 목에 점이 있는 것도 비슷하고, 말하고 나서 한쪽 입술을 올리는 것도 비슷하다. 정이 안 가는 녀석, 정신 바짝 차려야지. 아차 하는 순간, 치고 들어올 수 있으니까.

지후와 두찬, 둘만 빼고 다들 일어섰다. 선생님은 마냥 태평스런 얼굴이다.

“마음 가는 대로 몸이 가도 좋고, 몸 가는 대로 마음이 가도 좋고. 물이든 사람이든 흘러가는 대로 두어야 자기 길을 만들어 내지.”

알 수 없는 말 중얼거리며 칠판에 수학 문제를 냈다. 창문에 붙

었던 눈 부스러기가 물 자국 따라 미끄러져 흐르며 작아졌다. 물
이 흐르든 말든, 몸이 가든 마음이 가든 무슨 상관이냐. 나는 우
리 집 염소만 안 팔면 그만이다. 하루하루 시간만 흘려보내면 그
만이다.

작년까지 같이 지냈던 학교 아이들은 내가 전두엽이 제대로
발달하지 않아서 내 행동을 스스로 조절 못 하는 거라고 했는데,
아니다. 나는 내 행동을 조절한다. 조절하니까 교실을 나가 버리
라는 마음속 목소리를 억누르며 지금, 여기, 꿈쩍 않고 서 있는
거다.

규칙

· · · · · ·

산개구리가 밤늦게까지 울었다. 호르르륵 울어 대는 소리가
설레면서 슬펐다. 학교라는 말만 들어도 저절로 울 것 같다. 내
가 학교 폭력자라니. 먼저 공격한 건 두한이 그 녀석인데 나만 폭
력을 썼다는 게 말이나 되는 소리냐고. 그런 자식은 더 맞았어야
한다. 어른들 회의에서 내린 결정은 나를 다른 학교로 강제 전학
보낸다는 것이다. 억울했지만 마음 한구석엔 기쁨이 솟았다. 이
제 학교 따위는 안 가도 되는 거니까.

학교 가는 대신 할아버지 가는 데로 갔다. 검은색 책가방에 교
과서 대신 위기 탈출 물품을 챙겨 넣고 껌딱지처럼 붙어 다녔다.

낮에는 개울에 가서 은어를 잡았다. 물 한복판에 들어가서 막
대기로 흐르는 물을 때리면 은어가 놀라서 자갈 바닥에 대가리

처박았다. 대가리 쪽을 맨손으로 움켜서 망에 넣었다.

비 오는 산 바위 밑에 들어가 불을 피웠다. 자작나무 껍질은 기름기가 있어서 불이 잘 붙었고, 죽은 물푸레나무는 단단해서 빗물이 스며들지 않아 불에 잘 탔다.

산짐승이 다니는 길 더듬으며 흔적을 추적했고, 싸리나무로 새 덫 놓는 방법, 약초 캐서 읍내 가게에 팔아 돈 버는 방법을 배웠다. 막 걸음마 시작할 때부터 여덟 살 될 때까지 할아버지 따라다니며 보고 들었던 것을 다시 배우니까 금방 익힐 수 있었다.

밤에는 물도랑에서 붕어를 잡았다. 도랑 바닥에 하얀 사기그릇 조각을 늘어놓고 기다리면 하늘에 달이 떴다. 달빛에 사기그릇 조각이 하얗게 빛나면 그 위로 헤엄쳐 지나가는 붕어 떼가 보였다. 바로 그 순간 족대를 들이대서 붙잡았다. 잡은 붕어는 배 따고 손질해서 붕어찜을 만드는데, 붕어찜은 할아버지가 가장 좋아하는 반찬이다. 할아버지가 어쩌다 부엌 바닥에 사기그릇을 떨어뜨리고는 "아이쿠, 이런!" 하며 큰 소리로 안타까워할 때가 있는데, 내가 보기에 그건 실수가 아니라 붕어찜을 먹기 위한 핑계 같았다. 멀쩡한 사기그릇을 이빨이 빠졌느니 실금이 갔다느니 하면서 망치로 두들겨 깨기도 했다. 가끔 우리 집 부엌에서 달달달 달그락 떨리는 소리가 나는데, 그건 달 밝은 밤에 할아버지가 하늘 쳐다보며 '오늘 같은 날은 붕어가…' 하며 입맛을 다셨기 때문이다. 붕어찜 좋아하는 할아버지 때문에 우리 집 부엌 시렁 위에 놓인 사기그릇은 언제나 불안에 떨 것 같다.

엊그제는 족제비가 자주 다니는 길목에 벼락틀 놓는 방법을 배웠다. 벼락틀은 넓적한 돌을 비스듬히 기울여 나무 활대로 버티어 놓고, 활대 끝에 미끼 매달아 짐승을 꾀어내는 덫이다. 내가 손가락으로 활대를 톡톡 치니까 할아버지가 "깝죽거리다가 깔리면 납작 가자미 된다이" 하고 말렸다. 내가 "깝죽깝죽 깝죽깝죽" 하며 할아버지 앞에서 엉덩이 흔들었다. 미끼는 안 매달았다. 전에는 족제비 잡아서 가죽을 팔면 돈이 됐지만, 요즘엔 벌금을 물어야 하기 때문이다.

"잡지도 않을 건데, 덫을 왜 배워요?"

"할애비는 핵교 안 댕게서 배워 줄 게 이런 거밖에 읎다이. 그니까 손주는 핵교 가서….'

글을 배우라니께이, 하는 말이 나오기 전에 내가 얼른 말을 바꿨다.

"지금은 쓸모없는 기술이지만 배워 둬서 나쁠 건 없어요. 언젠간 다 쓸모가 있을 거예요."

할아버지가 끄덕이며 그건 맞는 말이라고 했다.

"그래, 난 갓난쟁이 때 배운 기술도 앤중에 썰모가 있더라야."

"무슨 기술인데요?"

"방바닥 기는 기술."

"그걸 어디에 쓰는데요?"

"기댕게 봤으니까 몸 낮추고 살 줄 아는 기여. 그리고 숨기내기 기술도 평생 도움이 되고."

"숨바꼭질 기술?"

"그거이, 풀 줄기 뒤에 숨으면 바람에 간들간들 흔들리니까 풀에 맞춰서 몸땡이를 요렁조렁해야 술래한테 안 들키지. 이때 배운 기술도 평생 쓸모가 있더라고. 짐승 발자구 쫓을 적에도, 남의 마음을 살필 적에도."

할아버지의 아버지는 사람 해친 호랑이를 서낭나무 밑에서 잡았다고 한다. 굵은 통나무를 뗏목처럼 엮어서 만든 벼락틀에 호랑이가 치였는데, 울부짖는 소리가 하도 커서 한낮인데도 아무도 집 밖으로 못 나왔다고, 잠잠해진 뒤에 나와 보니 벼락틀이 벼락처럼 덮쳐 움푹 가라앉은 밑에 호랑이가 종잇장처럼 납작 눌려 있었다고 한다. 우리 할아버지도 대단하지만, 할아버지네 아버지는 참 대단한 분인 것 같다. 그리고 그걸 지켜본 우리 마을 물푸레 서낭나무도 참 대단한 나무인 것 같다.

덫 놓는 기술이 살아가는 데 쓸모 있는지 없는지 알 수 없지만, 하나하나 배우는 게 재미있기는 했다. 학교를 그만둔 작년 여름부터 지금까지 보람찬 하루하루였다. 평화로운 하루하루였다.

할아버지가 훨씬 낫다. 내 속에는 이제 학교가 없다. 학교 따위, 다시는 안 다닐 것이다. 할아버지도 "네 인생은 네가 알아서 하는 거여" 하셨다.

그런데 소가 뒤집혀 개가 된 듯 갑자기 바뀌었다. 지난주에 할아버지가 읍내 시장에서 새곰밭집 할머니를 만났기 때문이다.

"할애비랑 살려면 핵교를 댕게야 한다이."

그야말로 마른하늘에 날벼락, 아니, 벼락틀에 납작 치이는 족제비 신세가 되었다. 나이 적은 사람한테는 맘대로 할 수 있는 게 없다. 염소 때문에 어쩔 수 없이 지금 여기를 다니기는 하는데, 학교도 선생도 좀 이상해서 그나마 다행이다. 새 학교, 아니 헌 학교를 나가는 건 오늘이 여섯 번째다.

달력 앞에 서서 3월 25일 오늘 날짜에 가위표시 했다. 날짜를 세어 보니 토요일 일요일 빼고, 방학 빼면 학교 가야 할 날이 175번 남았다. 그러니까 이제 175번만 더 가면 하양둥이 염소 안 팔고도 나는 자유를 얻는다는 얘기. 죽었다 치자. 이 세상에 내 몸이 없는 것처럼. 하루하루 지워 버리다 보면 언젠가 175번째 날은 오고야 말 테고, 그때부터 세상 누구의 간섭도 받지 않는 나만의 새로운 인생이 시작되는 것이다. 나는 자연인이 될 거다. 수염 많고 지저분한 얼굴로 텔레비전에 나오는 가짜 자연인 말고, 야생 소년 모글리 같은 자연인. 깊은 산속에 숨어서 나무와 함께

새와 산짐승과 함께 살아가는 진짜 자연인.

"할아버이, 나 175번 남았어!"

아무 대답 없다. 뒤뜰에 매어 놓은 하양둥이 염소만 메헤헤 대답했다. 수돗가에 놓인 숫돌에 아직 물기가 남아 있는 걸로 봐서 낫 갈아 들고 산에 가셨나 보다. 산을 보며 큰 소리로 씩씩하게 인사했다.

"할아버이, 다녀올게요!"

검은색 가방 메고 집 나섰다. 밤중에 요란하던 산개구리가 지금은 입 닫았다. 맘껏 울기에는 밤이 더 좋은가. 골짜기 눈 녹아 도랑물이 불었다. 나무마다 새 눈이 돋아 파롬한 빛을 내민다.

밤나무집 지날 때 멀찍이서 서성이던 털복이가 한 발짝 다가왔다. 머리 한복판에 붙었던 하얀 반창고가 없어진 걸로 봐서 상처는 다 나았나 보다. 하지만 여전히 꼬리를 엉덩이에 끼운 채 겁먹은 얼굴이다.

"이리 와, 쭈쭈쭈쭈쭈."

그 앞에 쪼그리고 앉아 삶은 메추리알을 건넸다.

"털복아, 미안하고 또 미안해."

땅 냄새 맡는 척하다가 내 얼굴 한번 쳐다봤다가, 더 다가올까 물러설까 망설인다. 지날 때마다 먹을 걸 건넸더니 마음이 좀 풀렸나.

털복이는 밤나무집에서 주로 지내지만 밤나무집 개가 아니라 이 집 저 집 다니며 얻어먹는 떠돌이 개라고 한다. 녀석은 나에게 처음부터 좋은 마음이었는데 내가 그 마음 몰라 주고 때렸다. 덤비는 줄 알고는 그만. 뿌린 대로 거두는 거니까 털복이가 영원히 나를 미워한다 해도 나는 할 말 없다. 내가 여러 번 사과했고, 앞으로도 사과할 생각이다.

아이들하고도 한 발짝 가까워진 것 같다. 여기 학교 아이들은 사람을 놀잇감으로 삼지 않는다. 내 물건을 가져가지 않고, 나를 호구라고 부르지 않는다. 혀 내밀고 눈 까뒤집으며 놀려 대지 않는다. 먼저 학교 다닐 때는 내 머리가 압력솥이었는데, 압력솥처럼 화가 꽉 차는 기분이었는데, 여기서는 화낼 일이 별로 없는 것 같다. 하지만 안심할 수는 없다. 언제 어디서 치고 들어올지 모르니까. 제발 좋은 일은 하나도 안 생겨도 상관없으니, 앞으로 175번 동안 아무 일 없기만 바란다.

교실 들어가기 전에 닭장 먼저 들렀다. 참새 떼가 후루루 날아올라 닭장 지붕 위 뽕나무에 앉는다. 내가 돌멩이 집어 던지는 시늉을 하자 화르륵 화르르륵 날갯짓 소리 내며 흩어졌다가 다시 까만 점처럼 모여들며 저쪽으로 사라졌다. 옥수수 부스러기 얻으려고 몰려든 녀석들인데, 잘들 먹어서 살이 통실통실 올랐다. 닭보다는 참새를 키우는 게 낫지 않을까. 할아버지 말로는 참새

고기가 소고기보다 맛있단다. 싸리나무 엮어서 새 덫을 놓으면 잡을 수 있다. 아니, 워낙 재바른 참새니까 엉성스러운 데가 있는 싸리 덫보다는 옴짝달싹 못 하게 걸려드는 소꼬리 털 올가미가 낫겠다.

소 뒤로 몰래 가서 소꼬리를 잡아 빼면 낚싯줄 같은 실이 나오는데, 그걸 감아 매서 만든 게 소꼬리 털 올가미다. 하얀 눈밭 위에 볏짚을 펼치고 거기다가 소꼬리 털 올가미를 놓아두면 몰려든 새들이 짚 사이에 벼 낱알을 파 먹으려고 목을 넣다가 걸리기도 하고 발로 후비다가 걸리기도 하는데, 실제로 잡아 보지는 않았다.

언젠가 세상에 홀로 남아 쫄쫄 굶는 날이 온다면 내가 정말로 소꼬리 털 올가미를 놓아 잡을지도 모른다. 그런데 어디로 가야 소를 만나서 몰래 꼬리털을 빼낼 수 있을까, 그건 모르겠다. 나중에 쫄쫄 굶는 날이 왔을 때 생각해 봐야겠다.

"오늘이 3월 25일이니까….."

공부 시작하기 전에 선생님이 벽에 붙은 달력을 손가락으로 짚었다. 텃밭에 감자 심기로 했는데, 언제 심을지 날짜를 잡는 중이라고 한다.

"4월 5일, 이날 어때?"

달력에서 숫자 5를 쿡 짚는 순간 번쩍, 파란빛이 빛났다. 지후 눈에서 나오는 빛이었다.

"선생님, 방금 그거 뻐큐 아닌가요?"

선생님이 화들짝하며 가운뎃손가락을 쏙 집어넣었다.

"이건 날짜 가리킨 건데."

"그런데 왜 하필 가운뎃손가락이냐고요. 그건 욕이에요."

선생님이 펄쩍 뛰었다.

"날짜 대신 나를 잡겠다고? 말이 돼?"

내 생각에도 말이 안 된다. 숫자 짚었을 뿐인데 욕이라니.

지후가 벌떡 일어났다.

"저는 더 억울해요. 지난번 산에 갈 때 발밑에 벌레가 있어서
깜짝 놀라서 이런 씨땡 벌레가, 이랬는데 그것 때문에 구덩이 팠
다고요. 그때는 선생님이 아무 말 안 하고 가만히 있었잖아요."

선생님이 변명했다.

"벌레는 살아 있는 거잖아. 숫자 5는 살아 있는 게 아니고."

지후가 반발했다.

"벌레는 제가 싫어하는 거잖아요. 5는 세상에서 제가 제일 좋
아하는 숫자고."

"네가 억울했다고 남까지 끌어들여서 억울하게 만드는 건 물
귀신 작전 아닌가?"

"저는 물귀신이 아니라 사실을 말하는 사람이에요. 5를 모욕한

선생님의 행동을 지적한 것이고요."

"그냥 짚은 거라니까!"

"그러니까 왜 하필 뻐큐로 짚냐고요!"

선생님이 기막히다는 듯이 하아, 숨 토해 내며 책상에 이마를 박았다. 꽉 막힌 벽처럼 우겨 대니까 막막한가 보다. 아무래도 지후가 놓은 덫에 꼼짝달싹 없이 걸려든 것 같다. 지후뿐 아니라 여기 학교 아이들은 거의 다 말발이 센 거 같다. 말이 안 되는 것을 말이 되게 한다. 작년까지 내가 다녔던 학교 애들은 선생님이 뭐라 말하면 예예, 하며 대충 들어주는 척이라도 했는데, 여기는 반대다. 애들이 휘두르는 말 주먹에 오히려 선생님이 쩔쩔맨다.

"우리 모두 함께 정한 규칙인데 인정할 수 없다, 이 말이죠?"

말발 센 지후가 한 번 더 몰아붙였다. 선생님이 어이없는 얼굴로 입술을 꾹꾹 깨물었다.

"잠깐 기다려 보세요."

칠판 앞에 놓인 공책을 집어 들고 화르륵 넘긴다.

"왜 저래?"

내가 궁금해하니까 맹물 같은 한서가 알려 줬다. 여기 교실에는 규칙을 적어 놓는 공책이 있다고. 욕하거나 싸우면 구덩이 판다는 규칙도 공책에 다 있다고 한다.

한서 말로는 지옥의 벌이라는데 내 생각에는 재미있을 것 같다. 앉아 공부하는 것보다야 삽질이 낫지.

"구덩이? 오, 재밌겠다."

내가 목소리 높이니까 한서가 손가락을 세우며 "쉿" 했다. 내 귀에 바짝 대고 속닥거렸다.

"여기 아이들은 도시 학교 다니다가 유학을 왔거든. 찬식이랑 몇 명만 빼고는 거의 다. 나도 마찬가지고. 얘네들이 센 척하느라 서로 욕하고 개판 치는 바람에 올해 초에 규칙을 정했어."

"구덩이 파기로?"

내가 묻자 고개 저었다.

"아니. 처음에 정한 규칙은 바위 밀고 올라가기였어. 언덕 위로 올라갔다가 밑으로 굴리고, 다시 밀고 올라가고."

"와, 빡세다."

"그런데 회의를 다시 해서 바꿨어. 바위 대신 구덩이 파기로. 찬식이가 바위 밀다가 새끼발가락을 삐는 바람에."

"새끼발가락? 왼쪽?"

"응, 뭐, 하여튼."

의심스럽지만 나와 상관없는 일이니까 생각 안 하기로 했다.

"회의라는 걸 하면 막 바꿀 수 있어?"

"응, 회의합시다, 하면 회의를 해야 하는 것도 규칙이야. 규칙은 거기서 정해."

"욕할 때마다 파?"

"파는 게 끝이 아니야. 그걸 다시 메워야 해."

"기껏 판 걸 왜? 물 채워서 이만한 물고기 키우지. 낚시해서 매운탕도 끓이고."

한서가 와 좋은 생각, 하며 감탄했다.

"그렇지만 아예 일의 보람 따위는 느낄 수 없게 하자, 이게 벌의 목적이라서…."

한서가 말할 때 지후가 공책을 탁 펴며 소리쳤다.

"여깄잖아요. 뻐큐도 벌칙. 뻐큐는 구덩이 50번."

선생님이 가슴을 탁 치며 말했다.

"학교가 감옥도 아니고. 이건 교사 학대 아닌가? 차라리 채찍도 휘두르시지 그래."

"원한다면 해 드릴게요."

턱 괴고 앉았던 두찬이가 길쭉한 얼굴 바로 세우며 지후 편을 들었다.

"처음 규칙 정할 때 구덩이가 재밌겠다면서 찬성 쪽에 손드셨잖아요, 선생님도. 제가 다 봤거든요."

선생님이 몸을 부르르 떨었다. 지후가 공책을 화르륵 넘겼다.

"이건 여기 있네요. 규칙을 받아들이지 않으면 곱하기 1.5배. 그리고 학생 대표가 부모님과 면담, 부모님이 와서 대신 구덩이 파기."

선생님이 풍선에 바람 빠지는 목소리로 물었다.

"50번?"

지후가 빳빳하게 고개 세우고 대답했다.

"이미 늦었어요. 곱하기 1.5니까 75번."

선생님이 폭삭 가라앉았다. 후욱 뿜는 한숨이 바닥에 닿았다. 한 사람 한 사람의 말로 세우는 게 규칙이라는데, 이 녀석이야말로 엄청난 힘장사다. 아무리 센 주먹이라도 못 이기겠다. 이기려 하면 할수록, 몸부림치면 칠수록 더욱 엉켜 버리는 것 같다.

그 녀석, 작년까지 내가 다녔던 학교에서 자기가 대장인 줄 알고 눈에 뵈는 게 없던 두한이 녀석이 와야 할 곳이 바로 여기다. 불러와서 뜨거운 맛을 보게 했으면 좋겠다. 거미줄에 돌돌 말린 채 허공에 매달려 대롱대롱 '제발 살려 줘' 하며 애원하는 두한이 녀석을 떠올리며 나도 모르게 웃음 지었다.

"나는 부모님이 안 계셔. 할머니가 계시는데 올해 백세 살인데."

선생님이 돌돌 말린 것처럼 공손하게 두 손 모아 쥐고 제발 봐 달라는 투로 말했다.

"그렇다면 할머니가 학교에 오셔야겠네요. 와서 대신 구덩이를 파면 됩니다. 제가 삽과 장화는 준비해 드릴게요."

지후가 차갑게 말했다. 선생님이 펄쩍펄쩍 뛰었다.

"에잇, 팔게. 구덩이 판다고오!"

물이든 사람이든 흘러가는 대로 두면 스스로 제 길을 만들어
낸다더니 지금은 물이 이상한 데로 가는 중이고, 선생님이 그 물
에 휩쓸린 것 같다.

"저도요!"

배불뚝이 찬식이가 오른발 절룩이며 따라나섰다. 한서랑 지후
랑 몇몇 아이들도 나갔다. 나도 구경 삼아 뒤따랐다.

구덩이

. . . .

삽 둘러메고 모인 곳은 텃밭 귀퉁이 벚나무 밑이다. 멧돼지가 파헤치고 지나갔는지 울퉁불퉁 온통 난장판이다. 얕은 구덩이, 허리 깊이 구덩이, 반쯤 허물어진 구덩이, 거꾸로 뒤집힌 구덩이…. 저마다 구덩이 하나씩 차지하고 들어가 땅을 팠다. 하얗게 꽃봉오리 내민 벚나무 가지에 조롱조롱 앉아 구경하던 참새들이 영차, 소리와 함께 구덩이 밑바닥에서 튀어 오르는 흙무더기에 놀라 한꺼번에 날아올랐다. 나는 한쪽에 비켜서서 선생님과 아이들이 삽질하는 것을 지켜봤다.

"와, 재밌겠다."

내가 부러워하니까 두찬이가 양보했다. 자기가 파야 할 삽질 80번 중에서 50번을 내가 대신 파도 괜찮다며.

삽자루 움켜쥐고 신나게 팠다. 두찬이는 힘들고 짜증 난다며 두 번 삽질하고 한 번 허리 펴는데, 나는 하나도 안 힘들었다. 허리 펼 새 없이 삽질 50번을 금방 끝냈다.

"끝!"

지후가 갑자기 친한 척, 썩은 웃음 지으며 다가와 말했다. 자기 것도 파 달라고. 자기는 90번 삽질인데, 이제 겨우 25번 했다고. 지금 너무 지쳤다고.

내가 50번만 대신 파 주기로 했다. 지후가 고마워했다.

팠다. 다른 아이들은 삽으로 바닥 찍기, 삽에 흙 담기, 끙끙거리기, 던질 곳 겨냥하기, 내던지기, 이렇게 다섯 동작으로 흙을 파는데 나는 이 모든 걸 단번에 해치운다.

"푸쉭퍽!"

삽날 박히는 소리와 함께 흙더미가 공중을 날았다.

"저것 봐. 힘이 엄청나다니깐. 그날 털복이 맞아 죽을 뻔했다니까."

한서가 두 손 치켜올리며 나를 추켜세웠다. 아이들이 삽질 멈추고 감탄했다.

"와, 인간 굴삭기다."

"구덩이의 신."

"삽질의 달인."

잘 판다 잘 판다 하니까 더 힘이 났다. 구덩이 따위, 얼마든지
판다.

'덤벼라 덤벼라, 걸리적거리는 것들, 내 앞을 막는 것들. 나는
인간 굴삭기다. 삽질의 달인이다. 구덩이의 신이다.'

파고 또 팠다. 숨차고 땀 줄줄 흘렀지만 나와 상관없다는 듯,
분노의 삽질을 멈추지 않았다. 이마에서 흘러내린 땀이 턱에 맺
혔다가 뚝뚝 흙바닥을 적셨다.

선생님이 삽자루에 비스듬히 기대서서 가쁜 숨 몰아쉬며 이마
를 닦았다.

"하… 힘들다."

삽질 좀 도와줄까요, 하려다가 그만뒀다. 자존심 상할지도 모
르니까. 내가 삽질 50번씩 두 번 끝내는 동안 한서는 아직도 못
끝냈다. 구덩이 속에서 갉작갉작 긁어 대며 중얼거렸다.

"욕해서 땅 파는 건 전 세계 학교에서 우리가 처음일걸?"

자기는 구덩이 팔 때마다 다음엔 욕 안 해야지 결심하는데 금
방 또 입에서 나온다고, 힘들고 지루하지만 자기가 책임질 것은
책임진다고 했다.

찬식이가 구덩이 속에 털썩 주저앉아 하소연했다.

"아, 파도 파도 끝이 없다이. 차라리 바우 밀고 언덕배기 올라
가는 기 나은 걸 그랬잖어."

한서가 "야이 씨OOOO. 그때 너가 엄살만 안 부렸어도 지금 우리가 이 고생…." 냅다 소리치다 말고 급하게 입 틀어막았다. 이미 늦었다.

"다섯 글자, 50번."

지후가 정확하게 알려 주었다. 아이고, 소리와 함께 삽이 털썩 주저앉았다. 한서가 풀썩 쓰러졌다.

"끝!"

나는 구덩이 밖으로 나왔다. 하늘 보며 허리 펴는 순간 째앵, 눈꺼풀에 닿은 빛이 내 속에 들어와 하얗게 휘감는 듯했다. 눈앞이 어질어질 캄캄해서 삽을 지팡이처럼 짚고 가만히 서 있었다. 구덩이를 내려다보며 내 속에 있다는 구덩이를 생각했다. 할아버지 말로는 빗물에 바닥 파이듯 사람 마음에도 구덩이가 있는데, 좋은 것들이 갑자기 빠져나갔을 때 생기는 거라고, 자기 구덩이에 자기가 빠질 수도 있다고 했다. '나 같은 것, 나 같은 것' 하며 스스로 후벼 파서 깊어진 구덩이니까 스스로 채워야 한다는데, 어떻게 채울지 모르겠다. 아니, 아무리 봐도 내 속에 구덩이가 있는 것 같지는 않다. 고개 숙이고 내려다보면 불룩한 배가 있을 뿐이다.

"와, 이거 엄청나다!"

삽질하던 선생님이 구덩이에서 나온 것을 치켜들고 휘휘 저었

다. 삽질하는데 챙그랑 소리가 나길래 살며시 흙 걷어 보니 있더라고, 오랜 세월 묻혀 있던 백악기 시대 공룡 화석이 마침내 제 모습을 드러낸 거라고 한다.

저건 공룡 화석 아니다. 길고 두툼한 걸로 봐서 소뼈다.

"소 넓적다리뼈 같은데요."

그럴 리가, 하며 내 말 못 믿겠다는 듯 손에 쥔 뼈다귀를 한참 들여다본다.

"여기서 공룡 화석이 나왔으니 더 파면 석유가 나올지도 몰라."

말하는 목소리가 들떴다.

"석유는 무슨. 마그마가 나와서 화산이나 폭발해라."

두찬이가 흥, 콧김을 뿜었다.

"쉰넷, 쉰다섯….."

"예순둘, 예순아홉…."

여기저기서 숫자 세는 소리, 삽질 소리가 섞였다.

"이제 끝!"

"나도 끝!"

"일흔넷…."

삽질 소리가 잦아들며 구덩이 속에 들었던 사람이 하나둘 빠져나왔다. 찬식이가 나오고, 한서가 나오고, 마지막으로 선생님이 나왔다. 하얀 뼈를 손에 꼭 쥔 채로.

선생님이 삽을 놓고 허리 한번 펴려고 할 때 지후가 소리쳤다.

"시작!"

아이들이 "흐아" 혀 빼물며 바닥에 놓았던 삽을 다시 집어 들었다. 선생님이 "힘들게 판 걸 다시 메우다니, 아이고" 구시렁거리며 소 넓적다리뼈 움켜쥔 팔뚝으로 이마를 닦았다.

"잠깐만!"

한서가 손 내저으며 소리쳤다. 구덩이 메우려던 아이들 눈길이 한서에게 몰렸다. 한서가 내 쪽을 흘깃 돌아보며 말했다.

"바꿉시다, 규칙! 파기만 하고 메우지는 않는 걸로."

"…."

아무 대꾸가 없자 한서가 한 번 더 말했다. 못 박듯이 또박또박한 말투로.

"누군가 의견 내면 다 같이 결정하는 게 우리 교실 규칙 맞지?"

선생님이 끄덕였다. 아이들도 끄덕였다. 나무 그늘로 옮겨 앉아서 회의를 이어 갔다.

"그러니까 내 말은…."

한서 말이 이어질 때 선생님이 손에 든 뼈다귀로 바닥을 후려치며 끼어들었다.

"바꿉시다, 규칙! 이제부터는 아예 구덩이 안 파는 걸로."

지후가 눈 크게 뜨고 물었다.

"아니, 왜요?"

"지난주 수요일에도 아침에 멀쩡하게 학교 출근한 교장 선생님이 갑자기 실종돼서 한참 찾았잖아. 구덩이에 박혀서 죽을 뻔한 줄도 모르고. 나 그거 때문에 교장 선생님에게 불려 가서 혼났어. 나 이제 힘들어. 지쳤어. 그리고 월급이 또 깎일지도 몰라."

선생님 말에 두찬이가 고개 치켜들며 따졌다.

"선생님 월급 깎이는 게 왜 우리 탓인가요? 자기네도 파 보고 싶다면서 멍청하게 운동장 한복판에 구덩이를 판 4학년한테 따져야지."

"어쨌든 개네가 우리 6학년을 따라 하느라 그런 거잖아. 너희들 책임도 있어."

"우리하고는 상관없다니까요. 그런 식으로 억지 부릴 바에는 차라리 교장 선생님 구두한테 따지세요. 구두가 구덩이에 빠지지만 않았어도 교장 선생님이 그걸 꺼내려다가 거꾸로 처박히지는 않았을 테니까."

두찬이 말에 눈이가 "그래, 구두 잘못이네" 하며 맞장구쳤다.

선생님이 "아이고 말이 안 통해" 하며 뒤로 벌렁 누웠다. 사회를 맡은 수빈이가 한서 쪽으로 눈짓했다.

"선생님 의견은 없던 걸로 하겠습니다. 한서, 마저 말해."

한서가 한 발 앞으로 나섰다.

"어차피 판 구덩이니까 그냥 메우면 아깝잖아요. 뭐라도 쓸모 있게 하는 게 나을 것 같아요. 그러니까 구덩이를… 지후, 왜?"

한서가 말하다 말고 돌아봤다. 아까부터 손 들고 있던 지후가 말했다.

"일을 아무 가치 없게 만드는 게 처음에 우리가 정한 벌의 목적인데?"

"가치 없게 하는 것보다 더 큰 고통은 가치 있게 하는 거야. 판 구덩이로 무엇을 하면 일이 많아지니까 더 힘들 수 있어. 메우는 것보다 두 배는 더 힘이 들 거야."

한서가 '두 배는 더 힘이 들 거야'를 꾹꾹 눌러 말했다.

"두 배?"

선생님이 입 딱 벌리더니 총알처럼 불만을 쏟아 냈다.

"이런 개리 쉐리 같은 빠가사리 탱가리 쏘가리 꾸꾸리 멍텅구리 삐리리…"

지후가 손가락을 꼽으며 "290번!" 소리쳤다.

"이백구십?"

선생님이 뒤로 벌렁 자빠지며 파닥파닥 몸부림쳤다.

"아이고 미치고 팔딱 뛰겠네. 그게 무슨 욕이냐고!"

"욕이에요!"

"아니라니까!"

"맞다니까!"

내가 그건 물에 사는 물고기 이름이야, 하니까 선생님이 "거봐" 하며 파닥거림을 멈췄다. 지후가 입술 삐죽거리며 다른 할 말을 찾는 동안 한서가 다시 말을 이어 갔다.

"내 의견 어때? 괜찮지?"

선생님이 뼈다귀를 내던졌다.

"난 반대. 구덩이 파는 것도 반대. 판 구덩이로 다른 걸 또 하는 건 정말 반대. 반대! 지구 끝까지 반대!"

두찬이가 "선생님의 반대에 반대합니다" 하며 자기는 찬성이라고 했다. 반대에 반대한다는 말이 내 맘에 쏙 들었지만, 나는 어느 편도 들지 않았다. 아직 욕을 한 번도 해 본 적 없지만 꼭 한 번은 해 보고 싶다는 유안이는 아무래도 상관없다고 했고, 지후는 반대쪽에 손들었다.

투표 결과 찬성 쪽이 많았다. 수빈이가 내팽개쳐진 뼈다귀를 주워 들고 세 번 내리쳤다.

"땅땅땅! 구덩이 안 메우는 걸로 결정!"

"아이고…."

선생님이 다시 파닥거렸다. 두찬이가 만세를 불렀다. 지후가 "이런 빠가사리 탱가리 쏘가리 삐리리" 하며 신었던 신발을 멀리 내던졌다.

드디어 규칙이란 것이 생겼나 보다.

"그럼 판 구덩이로 뭘 할까?"

선생님이 우는소리 하든 말든, 지후가 투덜거리든 말든, 사회자는 눈도 깜짝 안 하고 아이들 쪽을 보며 물었다. 한서가 내 쪽으로 고개 한 번 까딱하고는 두 팔을 쫙 벌렸다.

"이만한 물고기 키우자. 물 채워서. 그리고 낚시하자."

"아이고….."

선생님은 울부짖는데 아이들은 웃음 지었다. 두찬이는 배를 쥐고 으흑크크크, 웃음 참는 소리 내며 웃더니 갑자기 선생님 흉내를 냈다.

"아이고" 하며 우는소리 하고, 물고기처럼 몸부림쳤다. 그 뒤부터는 의견이 나올 때마다 아이들이 한꺼번에 몸부림쳤다.

"오리 키웁시다."

"아이고!"

바닥에 엎어지거나 자빠져서 파닥파닥, 파닥파닥.

"벼 길러서 떡 해 먹어요."

"아이고!" 파닥파닥.

"연못 만들어서 개구리 키울까?"

"아이고!" 파닥파닥.

입으로는 고생이 끝도 없겠다며 우는소리 하지만 새로운 뭔가를 기대하는 눈빛이었다. 입술을 빨갛게 칠한 옆 반 선생님이 머리 빗으며 지나가다가 한마디 던졌다.

"난 구덩이에 물 채워서 수영장 만들고 싶다야."

곧바로 합창이 나왔다.

"아이고!"

그리고 다 같이 파닥파닥 파닥파닥.

"크헉!"

옆 반 선생님이 빗으로 입을 가리고 사라졌다.

어차피 판 구덩이, 뭐라도 되겠지. 구덩이 메우지 말자는 말, 처음에 내가 아무렇게나 꺼낸 말인데 그게 모두를 꼼짝 못 하게 하는 규칙이 되니까 신기했다. 뿌듯했다. 세상에는 나도 있는 것 같았다.

구석

. . . . . .

4월 8일, 달력 앞에 서서 오늘 날짜에 가위표 했다. 3월 18일부터 오늘까지 하나, 둘, 셋, 넷…. 열여섯 번째 가위표다. 학교는 164번 남았다. 164는 일육사, 1 더하기 6 더하기 4는 11, 앞으로 11번만 남았다면 얼마나 좋을까.

"어서 와라, 일육사!" 소리치며 기지개 켰다. 창밖으로 보이는 나무마다 연둣빛 새 눈이 툭툭 불거지고 검은 산이 환하게 살아난다. 세수하러 도랑에 가니 물에 진달래꽃 그림자가 비쳤다. 꽃빛으로 물든 도랑물에 낯 씻고 검은색 가방 메고 집을 나섰다.

궁둥이 착 붙이고 마당에 앉아 기다리던 털복이가 발딱 일어나 앞장섰다. 녀석이 요즘에는 밤나무집보다 우리 집에서 지내는 날이 많아졌다. 며칠 전부터 마음의 문을 빼꼼 열더니, 이제는 활짝 열고 지내기로 마음먹었나 보다. 이 세상에 내 편이 생겼다. 나도 더욱 좋은 마음을 가지고 친하게 지내기로 마음먹었다. 그렇게 마음먹고 나니 가슴이 뭉클했다. 내 속이 뜨거워졌다.

두 번째 도랑물 건너는 곳에서 털복이를 불러 세웠다.

"신기한 것 보여 줄게."

연둣빛 물오른 버들가지를 꺾어 살살 비튼 뒤, 이빨로 물고 손으로 당겨서 하얀 나무 심을 뺐다. 속이 빈 버들 껍질을 칼로 자르고 다듬어서 한 개는 내가 불고, 한 개는 털복이 입에 물려 주었다.

"불어 봐, 이렇게."

뿌우우 소리 날 때마다 입술이 떨렸다.

"이렇게 뿌우우."

"…."

털복이는 재미없는가 보다. 배울 생각은 안 하고 자꾸 딴 데만 정신 팔았다. 옆구리 긁으며 하품이나 하고, 자기 꼬리를 붙잡겠다며 뱅뱅뱅 돌기나 하고.

"연습하고 있어. 학교 끝나고 또 만나자."

털복이랑 헤어지고, 뿌우우우 방귀 소리 내며 학교로 왔다. 첫 시간은 국어다. 눈과 귀에 담은 것을 발표하는 시간이라 한다. 책상과 의자를 뒤쪽으로 밀쳐서 놀이터로 만들었다.

"누가 먼저 시작할까?"

말라비틀어진 미역 줄거리, 아니 긴 머리카락을 내려뜨린 수빈이가 먼저 손 들었다. 선생님이 수빈에게 뭔가 건네는 시늉을 했다. 투명 리모컨이란다.

"장갑을 꽉 물고 있는 빨래집게!"

말 마친 수빈이가 틱, 투명 리모컨을 눌렀다. 아이들이 변하기 시작했다. 누구는 빨랫줄, 누구는 장갑, 장갑을 물고 있는 빨래집게, 반짝반짝 해님이 되어 수빈이가 마당에서 본 것으로 변신했다. 그리고 멈췄다. 나는 이런 놀이가 처음인데, 어렵지 않았다. 공원에 있는 조각상인 듯, 영하 100도에서 얼어 버린 듯, 꿈쩍 않고 버티면 그만이니까.

"하나둘셋 찰칵!"

수빈이가 손가락 버튼 눌러 사진 찍었다.

"하아압, 공부 안 해요?"

두찬이는 재미없는가 보다. 밀쳐 놓은 책상들 사이에 턱 괴고 앉아서 하품이나 해 댄다. 전에 다니던 학교에서는 이딴 거 안 하고 공부만 열심히 했다고 한다. 4학년 때까지 인천에 있는 큰 학교에 다녔는데, 건물도 멋있고 시설도 최신이고 선생님도 여기보다 백 배는 더 좋았단다. 거기 학교는 에이아이 인공지능 선진 학교라서 모든 수업은 태블릿 컴퓨터로 했고 유튜브랑 게임도 맘대로 해서 뇌세포가 움직이고 지식이 쌓였는데, 여기 학교는 이딴 시시한 것만 하니까 생각할 거리가 없고 점점 바보가 되어 간다고, 자기는 다시 그쪽으로 전학 갈 거란다.

내 생각에는 공부보다 이게 나은데, 두찬이는 덮어놓고 투덜거린다. 저러면서 공부 시간에는 딴짓한다. 입으로 쉭쉭 소리 내며 칼 휘두르는 흉내나 내고, 자기 팔꿈치 핥겠다며 혀 날름거리기나 하고. 그래서 나는 두찬이가 좋다. 나도 남이 하라는 대로 하는 건 무조건 싫으니까. 우리 둘은 반역자가 될 것 같다. 만약 내가 만화 속 주인공처럼 거대한 악당과 맞서기 위해 누군가와 동맹을 맺어야 한다면 그 사람은 아마 두찬이가 되지 않을까.

"다음 조각가, 누구?"

선생님이 두찬이 말에 대꾸 안 하고, 하던 놀이를 이어 갔다. 북극곰처럼 하얀 옷 입은 눈이가 손 들었다. 투명 리모컨이 눈이 손으로 옮겨 갔다.

"우리 멍순이 밥그릇에 고이는 빗물."

눈이가 리모컨을 눌렀고, 아이들 몸이 바뀌기 시작했다. 개가 되고, 개 밥그릇이 되고, 우산 쓰고 지나가는 사람이 되고, 빗물이 되었다. 두찬이는 비가 오든 말든 언제까지나 턱 괴고 자리에 앉아 투덜거리는 사람이고, 나는 빗속에 서서 샤워하는 사람이 되었다.

멍순이를 떠올리며 멍순이와 얽혀 있는 무엇이 되려 애쓰니까 멍순이가 세상에서 가장 중요한 인물이 된 것 같았다.

조각 작품을 둘러보던 눈이가 못마땅한 얼굴로 따졌다.

"우리 멍순이, 비만 아닌데?"

개가 되어서 개 밥그릇 핥던 배불뚝이 찬식이가 끄응 앓는 소리 내며 얼른 뱃살과 볼살을 집어넣었다.

"하나둘셋 찰칵!" 하고 마쳤다.

쉽다. 입에서 나온 말이 조각상이 된다는 게 신기했다. 나도 해 보고 싶다. 할 수 있을 것 같다. 어젯밤 소쩍새 울 때 할아버지가 "소쩍새가 우니 땅속 뱀이 눈뜨겠네" 하시더니 갑자기 스르륵 목청 가다듬고 소쩍새 울음을 흉내 냈다. "소쩍소쩍" 할 때마다 턱이 위로 올라가는 게 웃겼다. 그걸 말해야지 마음먹고 살며시 손 들었다.

"그래, 장호."

선생님이 기다렸다는 듯이 리모컨을 건넸다. 내가 투명 리모컨 받아 쥐고 일어섰다.

"소쩍새가 우니까 우리 할아버지가 뱀이⋯."

말하는 입술이 떨렸다. 눈앞이 하얬다가 깜깜해졌다. 아이들 눈길이 쏠렸다.

"그러니까 할아버지가⋯."

내 몸이 지금 어떻게 있는지 어디에 있는지 모르겠다.

"말해 봐."

"말해."

멀리 있던 소리가 점점 다가왔다. 나는 뒷걸음치며 물러났다. 한 발 나서서 변신하려던 아이들이 내 쪽으로 고개 돌렸다.

"장호."

"장호."

눈앞이 희미해졌다.

"할아버지가…."

구덩이 속에 웅크린 아이가 벌벌 떨며 내 손을 꼭 쥐었다. 뭉게 구름처럼 머리 위에 있던 소리 뭉치가 한꺼번에 내 귀에 쏟아졌다.

"말해."

"말하지 마."

"넌 말하면 안 돼."

"안 돼."

둘러싼 벽이 점점 높아졌다. 내 몸이 점점 작아졌다. 책상 밑에 들어가 웅크렸다. 수많은 손가락이 다가왔다.

"너 같은 것, 너 같은 것, 너 같은 것…."

아빠 엄마는 성남에서 결혼식을 했다는데, 이혼할 때는 우리가 살던 집이 있는 수원 법원에서 했다. 이혼 재판하는 동안 나는 혼자 있었다. 집에서도 혼자였고 놀이방에서도 혼자였다.

눈 내리던 날 눈처럼 하얀 누나가 놀이방에 왔다. 바지도 하얗고 양말도 하얗고 스웨터도 하얬다. 내가 말하면 쌍꺼풀진 눈을 동그랗게 뜨고, 내 눈 똑바로 보던 누나였다. 누나는 나랑 공 던지기 놀이도 하고, 블록도 쌓았다. 내가 높게 쌓으면 머리 쓰다듬으며 똑똑하다고 칭찬했다. 누나는 세상에서 내 마음을 잘 알아주는 사람이었다. 누나가 나만 했을 때 밥투정해서 엄마한테 엉덩이 세 대 맞았던 비밀을 털어놓았다. 나도 누나한테 비밀을 말했다.

"그래서 어떻게 됐는데?"

내 이야기를 듣는 누나 눈이 반짝거렸다.

"아빠가 화나서 물건 던졌어요. 엄마를 막 때렸어요."

"그래서, 또?"

"엄마가 울면서 쫓겨 갔어요."

"빈방에 나 혼자 있었어요."

"종일 굶었어요."

"…"

아빠가 술 먹고 난리 치던 이야기, 방 안이 온통 캄캄했던 이야기를 했다. 이야기하다가 슬퍼지면 누나 무릎에 앉았고, 누나는 내 어깨를 감싸 주었다. 이야기할 때마다 눈물이 났고, 눈물을 참으려다가 또 눈물 났지만, 누나가 달래 주어서 견딜 수 있었다.

세 밤 자고 난 뒤에 누나랑 또 만나기로 하고 손가락 걸고 헤어졌다. 헤어질 때 한쪽 눈 찡긋하며 웃음 짓던 누나 얼굴이 내 마음에 가득 찼다.

다음 날 아빠가 술에 잔뜩 취한 채 집에 왔다.

"너!"

나를 보는 눈이 이글이글 불탔다.

"너… 말하지 마!"

문을 쾅 닫았다. 내 마음이 콱 닫혔다.

삼촌이 와서 야단쳤다. 내가 놀이방에서 누나에게 한 말은 재판정에서 아빠를 불리하게 만들었다고, 내가 말하면 다시는 아빠랑 같이 살 수 없게 될지도 모른다고 했다. 앞으로는 누가 말을 시켜도 아무것도 말하지 말라고, 그런 눈으로 웃음 흘리는 여자는 우리를 망하게 하는 스파이나 마찬가지라고 했다.

"너는 말하시 마."

"넌 아무 말도 하지 마."

나는 식탁 밑에 들어가 웅크렸다. 누나가 미웠다. 아빠도 밉고 삼촌도 미웠다.

큰고모는 틈만 나면 나를 붙잡고 늘어놓았다. 엄마가 나쁘다고. 엄마는 나를 막대기로 때리고 굶겼다고. 내가 맞았는지 안 맞았는지 몰랐는데, 똑같은 말을 듣고 또 들으니까 정말로 내가 맞은 것 같았다. 못 박힌 막대기로 막 맞은 것 같았다. 엄마는 이 세상에서 제일 나쁜 여자인 것 같았다. 그런 나쁜 여자한테서 태어난 나 같은 건 세상에 없어야 할 아이 같았다. 나는 식탁 밑에 웅크려 종이를 구겨 씹으며 다짐했다. 이다음에 커서 꼭 복수해야지, 하고.

"말하지 마."

"아무 말 하지 마."

나는 무릎에 얼굴 파묻고 공벌레처럼 작아졌다. 엄마가 미웠다. 큰고모가 미웠다. 내 마음은 가시로 가득 찼다.

"장호, 괜찮아?"

선생님이 바닥에 엎드려서 불렀다.

"괜찮아?"

"왜 그래?"

3학년 때 담임선생님은 착했다. 옆 반 선생님이랑 마주 서서 내 걱정을 많이 했다. 내가 다른 사람 눈을 맞추지 못한다고, 치료받아야 한다고 했다. 폐쇄성 장애일 수도 있다고 했다. 폐쇄성이 뭔지 나는 모른다. 그냥 나한테 말 시키는 사람이 싫고 눈 마주치는 사람이 무서웠다.

"너 같은 것, 너 같은 것" 하며 다가오는 손가락이 떠오를 때마다 "나 같은 것, 나 같은 것" 하며 머리 감싸고 웅크렸다. 나는 말하면 안 되는 사람이고, 어디에도 있으면 안 되는 사람이었다. 달팽이처럼 내 속에 파고 들어가 웅크렸다.

'넌 말하지 마.'

'아무 말도 하지 마.'

안산에서 살다가 재작년부터는 인천에서 살았다. 숨 막히는 날이 이어졌다. 선생님은 끝도 없이 얘기를 늘어놓았다. 욕심 그만 부려라, 남 탓 마라, 지친다, 블랙홀이냐, 몇 번을 말해야 알아듣냐, 규칙을 지켜야 한다…. 알려 줄 때마다 화를 못 참는 목소리, 짜증 가득한 얼굴이었다. 하나도 귀에 들어오지 않았다. 왜 그래야 한단 말인가.

거기다 두한이 녀석까지. 녀석은 "너네도 야구방망이로 맞아 봤어? 씨0" 하며 의사인 자기 아빠한테 두들겨 맞은 걸 무슨 자랑처럼 떠들어 댔다. 야구방망이로 맞아서 성격이 나빠졌는지, 성격이 나빠서 야구방망이로 맞았는지는 모르지만, 하여튼 나빴다. 검은 그림자처럼 소리 없이 맴돌며 빈틈을 노리던 녀석, 내가 어디 하소연할 데 없다는 걸 알고 만만하게 봤겠지. 어깨를 툭 건

드리며 힘을 계산하고, 허락 없이 사물함 뒤지고, 내 서랍에 남의 물건 집어넣어 누명 씌우고.

내 머리는 압력밥솥처럼 화났다. 내가 욕을 하자 발길질이 들어왔다. 들어오는 발을 붙잡아서 자빠뜨린 뒤 주먹으로 머리통을 후려쳤다. 반격할 기회를 주지 않기 위해 연속으로 갈겼다. "너 같은 것, 너 같은 것, 너 같은 것" 하면서. 선생님이 앞을 막았을 때 나는 눈에 보이는 게 없었다. 선생님을 때릴 생각은 없었는데, 그건 실수였다.

선생님이 두 손으로 얼굴 가리며 뛰쳐나갔다. 교장 선생님이 왔다. 두한이 부모님이 왔다.

"할 말 있으면 해 봐!"

"말을 해!

"말해 보라고!"

목소리가 화살처럼 꽂혔다. 사방 높은 벽에 온통 둘러싸인 것 같았다. 폭력은 두한이가 먼저 썼는데 두한이 잘못은 없고, 나만 폭력쟁이가 되었다. 어른들 회의가 열리는 동안 나는 책상 밑에 쪼그려 앉아 입안 가득 종이를 씹었다. 내가 종이 씹는 동안 두한이 녀석은 혀를 날름 내밀며 히죽거리고 있었다.

할아버지가 왔다. 성큼성큼 와서 웅크리며 떨고 있는 내 손을 붙잡고 밖으로 나왔다. 내 머리 어루만지며 먼 하늘을 바라보던 할아버지 손이 떨렸다. 나는 눈물을 참고 있는 할아버지 옆모습만 바라보며 할아버지 그늘 속에 묻혀 가만히 서 있었다. 운동장한복판, 아파트 빌딩 너머로 해가 기울던 그 자리에 오래오래 서있었다.

그날 바로 기차 타고 버스를 두 번이나 갈아타고 할아버지 혼자 사는 시골집으로 왔다. 내가 여덟 살 때까지 살았고, 방학 때몇 번 와 봤던 강원도 양양 삼태기골 옛날 집으로.

책상 밑은 어둡다. 교실은 고요하다. 아무도 없다. 아무도 없는 조용한 교실인데, 그런데 누가 있다.

"장호…."

조그맣게 들려오는 소리, 두한이다. 아, 아니다. 두찬이다. 바닥에 납작 엎드린 두찬이가 손가락 한 개를 자기 볼에 갖다 댄다.

"나 어때?"

"…."

"응? 앙?"

나도 모르게 피식 웃고 말았다.

"1 더하기 1은 귀요미."

왜 이러는지 모르겠다.

"제발 저리 가. 눈 썩어."

나에게 손 내밀었다. 내민 손을 거두지 않았다. 원래부터 거기 있었다는 듯, 언제까지나 그러고 있겠다는 듯. 나도 모르게 손잡으려고 팔 뻗었다가 얼른 멈췄다. "저리 치워 인마" 하면서 홱 뿌리치고 빠져나왔다.

공부 마치고 일하기 시간에 두찬이랑 나는 빗자루를 들었다. 바닥 쓰는데 두찬이가 일부러 내 쪽으로 와서 툭툭 어깨 부딪쳤다. 작년까지 다녔던 학교에서라면 바로 내 주먹이 나갔을 것이다. 하지만 지금 여기에 있는 나는 주먹 대신 히죽 웃고 말았다.

청소 시간을 여기 학교에서는 일하기 시간이라고 하는데, 하는 일이 다 다르다. 조리사님이랑 반찬 만들고 설거지하는 일거리가 있다고 한다. 닭장에 가서 닭 돌보는 일거리가 있고, 텃밭에서 곡식 가꾸는 일거리가 있고, 일하는 사람 곁에서 노래하고 춤추는 일거리도 있단다. 나는 이제까지 모르고 있었다. 공부 끝났다는 신호와 함께 무조건 5분 동안 죽어라 바닥을 쓸다가 "끝!" 하고는 빗자루 내던지고 가 버렸으니까.

"소 먹으러 갈게요."

여자아이 둘이 등에 가방 메고 교실 밖으로 나가며 말했다.

"잘하고 와. 조심하고."

선생님이 손 흔들었다.

"소 먹으러 가? 소를 먹는 일거리도 있어?"

내 말에 두찬이가 웃으며 끄덕였다. 소를 먹는 게 일이라면 나도 잘할 자신 있다. 염소나 오소리라면 생각을 해 봐야겠지만, 소는 괜찮다. 내가 공부는 못해도 먹는 건 잘 먹으니까. 나도 다음 일하기 시간은 빗자루 대신 소 먹기로 신청해야지, 마음먹었다. 침착하게 해낼 것이다.

봄산

......

4월 19일, 155일 남았다. 일오오, 1 더하기 5 더하기 5는…, 계산하려다 그만뒀다. 언젠가부터 날짜 세는 게 귀찮다. 달력 앞에 서서 지나간 날짜에 가위표 하는 것보다는 날마다 어떤 꽃이 피고 어떤 새가 우는지 알아내는 게 더 재밌다.

"뻐륵뻐륵뻐르르륵…."

도랑에서 낯 씻는데 물 끓을 때 냄비 뚜껑 들썩이는 것 같은 소리가 났다. 어쩌면 세상에서 내가 처음으로 발견한 새로운 생명체일지도 모른다. 들키지 않으려 살금살금 다가갔지만, 어느 순간 소리가 끊겼다. 앉아서 끈질기게 기다렸다.

"울어라 울어라 울어라…."

결국 정체를 밝혀내고 말았다. 등때기는 흙빛, 배때기에 모래

알갱이 같은 점이 잔뜩 박힌 놈이 살그머니 떠올라 물 밖으로 눈 빼꼼 내밀었다. 울음소리 낼 때마다 물살이 바르르 떨리며 물 동그라미가 퍼졌다. 다시 울 때는 뻐르륵이 아니라 꼬옥꼬옥꼭꼭 하는 울음소리로 바뀌었다. 기분에 따라 다른 소리를 내는가 보다. 할아버지 말로는 옴개구리라고 한다.

"그거이 못 먹는 깨구락지여. 옴 오른 것처럼 울퉁불퉁 꺼끌꺼끌한 데다가 독이 있어서 뱀도 안 잡아먹는데 뭐."

할아버지는 이 세상을 입으로, 그러니까 입에 넣을 수 있는 것과 넣을 수 없는 것으로 판단하는 버릇이 있다. 먹는 개구리와 못 먹는 개구리, 먹는 새와 못 먹는 새, 먹는 풀 못 먹는 풀, 먹는 버섯 못 먹는 버섯, 먹는 꽃 못 먹는 꽃…. 젊은 시절 산에 숨어 살 때는 골짜기 얼음 깨고 개구리를 잡아먹었다고 한다. 나는 아무리 배고파도 개구리는 입에 못 넣을 것 같은데.

이제까지 우리 집 앞 도랑에서 운 개구리는 네 종류였는데 또 하나 늘었다. 골짜기 눈이 녹을 때 호르르르륵 산개구리가 울었고, 산개구리알이 꼬물꼬물 깨어나 올챙이 뒷다리에서 발가락이 빠져나올 때쯤 청개구리가 울었다. 배가 빨갛고 등이 퍼런 무당개구리도 호윽호윽흑흑흑 울었다. 청개구리, 무당개구리가 울고 한참 뒤에는 갸르륵갸르르륵 참개구리가 울었다. 한밤중에 문 열면 우리 집 둘레가 떠들썩한 개구리 나라 같다.

학교 가는 내내 박새가 울었다. 박새는 못 먹는 새인데, 소리와 박자를 바꾸어 가며 끊임없이 운다.

"찝쪼찌찌오 뾱복복삐찌오 삐쫍삐쫍삐쪼오….."

꾀꼬리가 노래 잘한다고 하는데, 아니다. 꾀꼬리는 들쑥날쑥, 자기 기분에 따라서 꽤애액 꾸아악, 아무렇게나 짖어 댈 때가 있다. 최고의 가수는 봄 여름 가을 겨울 곁에 머물며 한결같이 울어 주는 박새다.

"찝쪼찌찌오 뾱복복삐찌오 삐쫍삐쫍삐쪼오….."

내 입을 벌려 박새처럼 소리 내며 걸었다. 저들끼리는 전하고 싶은 말이 많겠지만 나는 겉흉내뿐이다.

늙은 물푸레 서낭나무 밑에서 두찬이가 손짓했다. 둘이 같이 걷다가 내가 물었다.

"너, 혹시 인천에 쌍둥이 형 있어?"

두찬이가 고개 저었다.

"아니, 왜?"

"너랑 비슷하게 생긴 애가 있어서."

"걔도 나처럼 개잘생겼어?"

두찬이가 잘난 척 손을 턱에 받치며 물었다.

"으응….."

자세히 보니 다르기는 하다. 입술 두께가 다르고, 귀는 두찬이
가 훨씬 크다. 둘 사이는 아무런 관계가 없는데, 내가 그놈의 '두'
때문에 괜히 쓸데없는 생각에 빠져서 못 헤어나는 것 같다. '두'라
는 소리만 들으면 자꾸 생각이 그쪽으로 가 버리는 버릇은 어떻
게 고쳐야 할까. 양양 읍내에서 '두 마리 치킨'이란 간판을 처음
보았을 때도 먼저 떠오른 것은 두한이었다. 두꺼비나 두더지를
보면 떠오르는 게 그 이름이고, 두만강이나 두타산이란 말을 들
어도 어딘가에 숨어 있던 그 이름이 갑자기 떠오른다.

'두두두두두, 두더지와 두꺼비와 두찬이는 두한이와 아무런 관
계없다, 관계없다, 관계없다….'

다시는 두한이 녀석을 떠올리지 말아야지, 내 마음속에서 깨
끗하게 지워야지, 다짐하며 걸었다.

공부 마치고, 청소 마치고, 한서랑 운동장에서 공을 차고 있는
데 교문 쪽이 떠들썩했다. 나랑 한서가 급하게 달려갔다.

"소, 소가 사라졌어!"

유안이가 펄쩍펄쩍 뛰며 난리다. 구덩이 파던 아이들이 삽 둘
러멘 채 달려왔다.

"왜?"

"어디로?"

나는 염소 먹이러 간 적은 있지만, 소 먹이러 가는 건 못 해 봤

는데, 다음 주가 내 차례인데 이 무슨 날벼락인지. 떠나려면 꼬리 털이라도 좀 넘겨주고 떠날 것이지, 앞으로 새 잡는 올가미 재료 는 어디서 구한단 말이냐.

"어디서 소 먹였는데?"

내가 묻자 유안이가 멀리 손가락질하며 대답했다.

"응, 쇠나들골 거기."

"아이 씨, 소00가!"

한서가 허공으로 주먹질하며 소리쳤다.

"씨, 땡땡. 세 글자, 30번."

지후가 어깨에 둘러멨던 삽을 내리며 정확하게 알려 줬다. 한 서가 털썩 주저앉았다.

"돌아 버리겠다. 도대체 욕해서 구덩이 파는 건 전 세계 학교 에서 여기가 처음일 거야."

그동안 열심히 파서 이제 다 끝내고 편안한 새 출발인 줄 알았 는데, 내일 또 구덩이 파야 한다며 우는소리 했다.

오늘 소먹이 당번은 유안이네. 당번은 하루에 두 번 옆집 수 빈이네 할아버지 외양간에 가서 아침에는 목을 긁어 주고 방과 후에는 풀을 뜯긴다. 소는 할아버지네 외양간에서 지내다가 아 침저녁만 우리가 돌보니까 반은 우리 소, 반은 할아버지네 소나 마찬가지다.

도대체 산에 진달래 필 적에 소 먹이러 다니는 건 전 세계 학교에서 여기가 처음일 거라며 수빈이네 할아버지가 말렸지만, 아이들이 끝까지 고집을 부렸다고 한다. 개 산책도 하니까 몸이 큰 소는 운동을 더 많이 해야 비만이 안 생긴다고. 그래서 지지난주부터 소를 데리고 산에 가기 시작했단다.

"금방 어두워질 텐데."

눈이가 해 넘어가는 산을 바라보며 걱정했다.

"고삐를 뿔에 둘둘 감아 칡밭에 풀어놓으면 자기가 알아서 뜯어 먹다가 시간 되면 내려왔거든."

유안이가 자기는 늘 하던 대로 했을 뿐이라고, 잘못한 게 없다고 했다.

"작년처럼 소가 먼저 집에 온 것 아닐까?"

한서가 하는 말에 다 같이 수빈네 외양간으로 몰려갔다.

"소야!"

"순둥아!"

텅 빈 외양간에 부르는 소리만 맴돌았다. 외양간 서쪽 벽 틈으로 빛줄기가 들어와 소가 있던 자리를 하얗게 비추었다.

수빈이가 소 찾으러 간다고 나섰다. 아이들과 선생님이 뒤따랐다. 나도 책가방 메고 뒤따랐다.

"곰이랑 싸우다가 둘 다 벼랑으로 구른 건 아닐까?"

두찬이가 곰 얘기를 꺼내는 건 수빈네 할아버지가 산에서 상사리를 봤다고 한 적이 있기 때문이다. 상사리는 곰이 나무 위에 나뭇가지를 엮어 만든 둥지다.

"너무 깊이 들어가는 바람에 길 잃고 헤매는 거야. 이러다 죽는 것 아닐까? 오, 불쌍해."

지후 말은 안 맞다. 소는 콧구멍이 넓고 후각이 뛰어나서 한번 맡았던 냄새를 기억하니까 길 잃고 헤맬 리 없다. 하지만 모르는 척, 그냥 넘어갔다. 괜히 성격 안 좋은 지후 눈 밖에 났다가는 앞으로 어떤 불쌍한 꼴을 당할지 알 수 없기 때문이다. 그런데 눈이는 그냥 안 넘어갔다.

"너는 왜 말이 그따위야? 그 말 때문에 정말 나쁜 일이 벌어지면 책임질 거야?"

가만 듣고 있을 지후가 아니다.

"넌 왜 나한테만 말이 사나워? 그럼 너 때문에 나한테 나쁜 일이 벌어지면 책임질 거야?"

빽, 소리 지르며 신고 있던 신발 한 짝을 내던졌다. 그러고는 곧장 "잠깐만 기다려 줘" 하며 깨금발로 찾으러 갔다. 버려진 신발 줍느라 지후 혼자 저 멀리 뒤처졌다.

쇠나들골 가는 길에 마른 소똥이 드문드문 있다. 소똥 둘레를 잘 찾아보면 소똥구리 구멍이 있을 거라고 찬식이가 말했지만,

지금 소똥구리가 문제냐. 퍼렇게 돋아난 쑥잎 밑에 푸른색 풍뎅이가 자빠져 버둥거리든 말든, 소나무 새순이 뻗쳐 하늘로 손가락질하든 말든, 칡넝쿨 새순이 이리 오라 오라 손짓하든 말든, 눈 돌릴 사이 없이 걸었다. 소부터 찾아야 하니까.

한서가 칡잎을 뜯어서 내보이며 말했다.

"소가 가장 좋아하는 게 이거야. 다른 풀은 퍽퍽 뜯어 먹는데 칡잎은 똑똑 따 먹어. 맛있다 맛있다 맛을 보는 것처럼 한 잎씩 똑똑."

찬식이가 연한 억새잎을 뜯어 질겅질겅 씹으며 끼어들었다.

"이 윽새풀도 덧다 좋아한다이. 쇠 멕이고 집으로 올 땐 이 풀을 두 단 비서 양쪽에 늫고 칡 줄로 잉어서 쇠 등때기에 걸체 놔. 그리면 쇠가 알아서 짊어지고 오거덩."

나도 안다. 풀 단을 소 등에 걸칠 때 양쪽 무게가 똑같아야 안 떨어진다는 것도 잘 안다. 도시에서 왔다니까 누굴 아무것도 모르는 멍텅구리로 아는 모양이다. 하지만 입 다물고 가만히 있었다. 내가 몰라야 남들이 아는 게 많아진다고 할아버지가 말했기 때문이다.

도랑 건너 돌배나무 언덕을 넘었다. 물구렁텅이에서 객객거리던 청개구리가 한꺼번에 울음을 그쳤다. 딱따르르 요란 떨던 딱따구리가 소리를 그쳤다. 청딱따구리는 멈추지 않고 울어 댔다.

"뻑뻑뻑뻑뻑…."

아이들이 멈추지 않고 소리쳤다.

"소야!"

"순둥아!"

"…."

"으아악!"

소 부르는 소리 속에 비명 소리가 섞였다. 한서가 손가락으로 저 멀리 가리키다가 젖은 가랑잎을 밟고 미끄러진 것이다. 자빠져서도 여전히 같은 곳으로 손가락질이다. 왜 그러는데, 하며 바라보니 집 같은 게 얼핏 보였다.

"앗, 귀신 집이다!"

내가 놀라니까 한서가 우리 별장이야, 한다. 작년 봄 진달래 필 때 짓기 시작해서 가을 붉나무잎 물들 때까지 줄곧 보태어 지은 거란다.

유안이랑 한서는 소 찾는 것도 잊고 집 자랑에 빠졌다.

"저거, 비가 와도 끄떡없어. 비 오는 날 별장집에 들어가서 내다보면 덤불에 떨어지는 빗소리가 음악 같아."

"풀 줄기 사이에서 하얗게 피어오르는 안개는 그림 같아."

찬식이가 "나는 작년 가을에 짐 싸 들고나와 저 집에서 하룻밤 보냈잖아" 한다.

"가출? 왜?"

내 귀가 번쩍 뜨였다.

"응, 허구한 날 방구석에 틀어박혀 휴대폰 게임이나 한다고, 우리 어머이가 내 폰을 감췄거덩."

"그래서 어떻게 됐는데?"

"처음에는 좋았는데, 밤이 되니까 디게 무섭더라야. 가방 뒤집어쓰고 덜덜 떨고 있는데, 불빛이 보이더라구. 손전등을 비추면서 유안이가 찾아온 거여."

유안이랑 빨간 고추장에 하얀 밥 비벼 먹으며 어두운 밤을 같이 보냈다고, 지금도 그 맛있는 밥과 뜨거운 우정을 잊지 못한다고 했다.

유안이가 "우리 사이에 당연하지 인마" 하며 어깨를 툭 쳤다.

"그래서 휴대폰은 어떻게 됐는데?"

두찬이가 침 꼴깍 삼키며 물었다.

"응, 다시 돌려받았지 뭐. 내가 또 가출할까 봐 어머이가 겁먹었거덩."

내가 "너네 엄마가 소 한 마리를 번쩍 든다며? 힘이 그렇게 센데도 겁을 먹어?" 묻자 "응, 내 고집패기는 못 이겨" 했다.

"후아, 좋겠다" 하며 두찬이가 부러워했다. 시골 아이들은 맨날 게임하고 유튜브 보는데, 자기처럼 도시에서 유학을 온 아이들은 휴대폰도 컴퓨터도 다 없애 버려서 아무것도 할 게 없다고 투덜거렸다.

소리도 있고 그림도 있고, 거기다가 의리까지 있는 곳이라고 떠드니까 어쩐지 멋진 집 같다. 나도 가출할까, 할아버지가 한 번만 더 나보고 인천 큰고모 집에 가라고 하면 집 나와서 여기로 올까, 다가가서 살폈다.

가느다란 나무줄기로 벽을 세우고, 지붕은 나뭇가지와 풀 줄기와 가랑잎으로 얼기설기 막았는데 구멍이 숭숭 났다. 안에 들어가면 안 될 것 같다. 괜히 잘못 발 들여놨다가는 벼락틀처럼 펄썩 무너지는 지붕에 치여 납작 가자미가 될 수도 있다. 다음 주소 당번일 때 내 실력을 보여 줘야지 생각했다. 아니, 주말에 두찬이랑 같이 와서 멋지게 지어야겠다. 내가 공부는 못해도 일하는 건 자신 있으니까.

"소 풀어놓은 곳이 어디야?"

선생님이 휘휘 살피며 물었다.

"저기."

유안이가 연한 칡 줄기 너울대는 둔덕을 가리켰다. 둔덕에 오르니 세 갈래 길이 나타났다. 새 발자국 같은 길이다. 전설 속 커다란 새가 저승 세계로 가는 도중 잠깐 쉬어 가느라 내려앉아 움푹 디뎌 놓은 것 같다. 왼쪽 길은 가파르고 시눗대가 빽빽 우거져

서 쥐 새끼 한 마리도 비집고 들어갈 틈이 안 보인다. 소가 갔을
리 없다. 남은 두 갈래 중 어느 쪽일지.

"여기 봐."

내가 오른쪽 길바닥을 가리켰다. 작년에 자랐던 마른 억새 줄
기가 버스럭거리며 서 있고, 그 가운데 연한 연둣빛 억새가 새로
돋았다. 새로 돋은 억새잎에 방금 소가 한 입 뜯어 먹은 자국이
있다. 뜯긴 풀 줄기에서 향긋한 풀 냄새가 나는 듯했다.

찬식이가 그 자리에 소처럼 엎드려 냄새 맡았다.

"어때?"

유안이가 묻자, 콧구멍을 벌름거리며 대답했다.

"음, 쇠 입 냄새가 나는 것 같기도 하다야."

들어 보나 마나 한 말이다. 냄새가 나든 안 나든, 소가 간 길을
어떻게 알겠나.

지후가 흙 한 줌 움켜쥐더니 부스스스 떨어뜨렸다.

"뭔데?"

유안이가 묻자, 손가락으로 가리키며 대답했다.

"음, 바람 방향은 저쪽인데."

하나 마나 한 짓이다. 바람이 오는 쪽으로 갈지 가는 쪽으로 갈
지, 소 마음을 어떻게 알겠나.

두찬이가 "아, 이럴 땐 털복이를 데리고 와야 했는데" 하며 아

쉬워했다.

"여기!"

내가 한 줄로 쭉 이어진 자국을 손가락으로 따라 그렸다.

"발자국이다!"

선생님랑 아이들이 바짝 다가왔다. 소 발자국은 오른쪽 길, 산 그늘이 검게 드리운 골짜기로 내려갔다. 선생님이 손가락을 쭉 내밀어 소가 간 길을 가리켰다.

"추적하자."

내가 두 팔 벌려 막았다.

"위험해요. 가다 보면 바위 절벽이거든요. 그리고 소는 거기 없어요. 어디쯤에서 다시 산등으로 올라갔을 테니까. 저기!"

가운데 길, 아름드리 산뽕나무 너머 뒤쪽 산등성이를 가리켰다. 산뽕나무 새잎이 참새 혓바닥만큼 삐져나왔다.

"소는 밤에 육식동물이 나타나면 맞서서 막아 낼 만한 곳에 자리 잡거든. 좁은 골짜기는 피해. 어디서 습격당할지 모르니까."

이건 우리 할아버지가 몸소 겪었던 일을 말해 준 거라 정확하다. 어릴 때 마을 아이들과 한꺼번에 소를 잃었는데, 찾아가 보니 소들이 무덤가에 둥글게 모여 있었다고 했다. 송아지를 가운데 두고, 뿔은 바깥으로 향한 채.

"지금쯤 어디 사방이 탁 트인 평평한 곳에 있어. 자신을 지킬

수 있는 곳, 무덤 같은 곳."

내 말이 끝나자마자 수빈이가 앞머리를 쓸어 올리며 "오, 재밌어. 감동!" 했다. 나는 괜히 쑥스러워서 뒷머리를 긁었다.

"가자!"

두찬이가 앞장섰다.

환했던 산이 점점 어두워졌다. 먹물을 칙칙 뿌려 놓은 듯 잎사귀마다 거뭇거뭇했다.

"순둥아!"

골짜기 가득 메아리가 울렸다. 밤에만 우는 새가 울었다. 쏙독새가 울고 호랑지빠귀가 울었다. 고라니가 울었다. 찬식이가 우는소리를 했다. 힘들어 죽겠다, 다리 아파 죽겠다, 시체처럼 누워 휴대폰 게임이나 하는 게 나았다, 숨차 죽겠다, 후회돼 죽겠다 하면서. 전에 바위 밀고 언덕 올라갈 때도 이렇게 힘들지는 않았단다. 산등성이 경사가 급할수록 아이들 숨소리가 거칠어졌다.

"쉿!"

두찬이가 두 손 모아 귀에 대자 다 같이 따라 했다. 멈춰 서서 기다리니 차츰 숨소리가 잦아들고 맑은 쇳소리기 들렸다.

"챙그랑 그랑 그랑 그랑…."

순둥이가 차고 있는 워낭 소리가 분명했다.

"순둥아!"

"소야!"

앞을 막는 마른 풀 헤치며 소리 쪽으로 나아갔다. 나뭇가지 사이로 언뜻 누런빛이 스쳤다.

"저겄다! 내가 찾았어, 내가!"

두찬이가 펄쩍펄쩍 뛰었다.

산허리 평평한 곳, 무덤가에 누워 있다. 소고삐가 무덤가 옆 노간주나무에 칭칭 엉켜서 목도 가누지 못한 채 버둥거린다. 한쪽 무릎을 꿇고 거친 숨 몰아쉬며. 얼마나 괴로웠을까. 산에 풀어 놓을 때는 고삐를 소뿔에 단단히 감아 매서 풀리지 않도록 해야 하는데, 감는 게 허술했나 보다.

"정말 장호가 말한 대로야!"

수빈이가 감격스러운 목소리로 말했다. 기뻐하던 아이들이 한꺼번에 고개 돌려 내 쪽을 보았다.

"소가 무덤가에 있는 걸 어떻게 알았지?"

"뭐 그냥….".

사실은 아까 내가 한 말이 꼭 맞는 건 아니었다. 육식동물 때문이 아니라, 고삐 때문이다. 풀린 채로 바닥에 끌리던 고삐가 하필 여기 무덤가 나무 밑동에 칭칭 엉기는 바람에.

"내가 제일 먼저 찾았다니까!"

왜 아무도 몰라주냐며 두찬이가 자기 가슴을 퍽퍽 치든 말든,

선생님은 말없이 엉킨 고삐를 풀었다. 푸는 동안 내가 손 내밀어 소 목덜미를 어루만졌다.

"순둥아."

넓적다리 살 부르르 떨며 나를 본다. 순한 눈, 착한 눈, 한 번도 누군가를 미워해 본 적 없는 눈이다. 긴 속눈썹 속 눈동자에 내 모습이 비쳤다.

선생님이 칭찬했다.

"우리 장호는 감각이 있어."

아이들도 한마디씩 했다.

"특별해."

"의리 있어."

"끈기 있어."

"작은 것도 안 놓쳐."

"이야기를 잘 알아."

소도 한마디 했다.

"대단해."

말들이 둥둥 다가와 가슴을 휘저었다. 목소리들이 퐁당퐁당 돌멩이 던지듯 들어와 내 속에 박혀 있던 것들과 다투었다.

'장호는 나빠. 묶인 개처럼 화를 잘 내.'

'아니야, 우리 장호는 감각이 있어.'

'귀신처럼 남을 원망해. 뱀처럼 흘깃흘깃 눈치를 봐."
'아니야, 대단한 아이야.'
'너 같은 아이는 둔 적 없어.'
'아니야, 세상에는 나도 있어.'
'블랙홀처럼 지치게 만들어. 자기만 알아.'
'아니야, 장호는 특별해.'

특별하다니까 내가 정말 특별한 사람처럼 느껴졌다. 특별한 사람이 되어야지, 마음먹었다. 감각이 있다고 하니까 내가 정말 감각이 있는 사람처럼 느껴졌다. 감각이 있는 사람이 되어야지, 마음먹었다. 안 놓치는 사람, 의리 있는 사람이 되어야지 마음먹었다. 내 속에 새로운 것들이 출렁출렁 차오르는 것 같았다.

왔던 길 되돌아 걸었다. 소가 앞장서고 두찬이가 그 뒤를 따랐다. 특별한 감각이 있는 나니까 나는 용감하게 맨 뒤에 섰다. 하지만 나도 모르게 자꾸만 등 뒤를 돌아보게 되었다.

앞사람 꼬리에 바짝 붙어서 갔다. 숯가루를 휙휙 뿌리는 것처럼 산과 하늘이 금방금방 어두워졌다. 큰 소나무 아래 지날 때는 앞서가던 몸들이 솔잎 그림자에 묻혀 어둑어둑 사라졌다. 낮은 나무 곁을 지날 때는 그림자에서 빠져나온 발들이 희끗희끗 드러났다.

내 등에 멘 검은색 책가방 안쪽 비상 물품 칸에서 손전등을 꺼냈다. 손전등 빛이 동그랗게 비추는 곳 말고는 온통 어두워서 한 발 한 발 조심스러웠다. 빛이 안 닿는 동그라미 밖에서 갑자기 뭔가 튀어나올 것만 같다. 하얀 손이 내 목덜미를 낚아챌 것 같다. 특별한 감각이 온통 귀에 모여 작게 버스럭거리는 소리에도 신경이 버쩍 섰다. 숨소리, 발소리, 나뭇잎 스치는 소리가 크게 들렸다. 움츠린 나에게 속삭였다.

'뭐가 무섭다고 그렇게 떨어? 지금까지 네가 한 짓을 생각해 봐. 남 탓하지 마. 모든 건 다 너 때문이야. 너 같은 건 없는 게 나아. 하는 짓이 겨우….'

"아니야, 아니야."

세차게 고개 저으며 생각을 떨쳐 냈다. 찬식이가 "장호, 어지럽나? 배고퍼서 그런 기여. 쫌만 더 참어라이." 하며 내 손을 잡았다.

앞산에 가렸던 달이 반쯤 얼굴 내밀면서 어둡던 산길이 점점 밝아졌다. 연한 잎사귀 위로 달빛이 내려와 산이 온통 하얬다. 올라갈 때 없던 것들이 보이기 시작했다. 진달래 꽃잎 진 자리에 돋은 새잎이 예쁘고, 바닥에 낮게 깔리듯이 핀 연분홍 철쭉도 예쁘다. 온 산 가득 새 소리가 울렸다. 새가 아닌 소리도 있다. 산 귀신들이 우우우후우우 하는 소리, 후두두두 날갯짓 소리, 쩡쩡 산이 우는 소리. 찬식이는 다리 아프다며 끙끙 앓는 소리를 냈다.

둔덕 위 커다란 산벚나무 밑에 앉아 쉬었다. 하얀 산벚꽃 사이로 보름달 달빛이 노랗게 들어왔다. 모두 고개 올려 꽃잎 사이로 아롱아롱 흔들리는 달빛을 보고 있는데 갑자기 머리 위로 검은 그림자가 철럭 내려앉았다.

"쉿."

선생님이 손가락을 입술에 올렸다.

"뭐지?"

조용히 기다렸다. 머리 위, 산벚나무 가지에서 소리가 울려 나왔다.

"솟쩍 솟쩍…."

우리는 조각 공원에 있는 조각상처럼 그대로 멈춘 채 밤하늘로 퍼지는 울음소리에 귀 기울였다. 벚꽃잎이 내려 하얗게 소 등에 앉았다. 수빈이 머리 위에도 한 잎 앉았다.

"솟쩍 솟쩍…."

소리 들으며 슬픈 생각이 났다. 밥 못 먹고 굶어 죽은 며느리가 한 마리 새로 변해서 봄마다 찾아와 우는 거라는 할아버지 얘기가 떠올랐다. 밥 한 숟갈 입에 넣고 등 돌려 훌쩍이던 엄마 모습이 떠올랐다.

"솟쩍 솟쩍…."

소쩍새가 울 때마다 내 턱이 자꾸 위로 올라갔다. 정확하게 열다섯 번을 울더니 다시 날아올랐다. 소쩍새는 한자리에 머물러 우는 것보다는 이곳저곳 옮겨 다니며 우는 걸 좋아하나 보다. 나무마다 골짜기마다 옮기며 밤새 울다가 날이 밝아 오면 딱따구리가 뚫어 놓은 은사시나무 구멍에 들어가 쉬겠지.

우리도 앉았던 자리에서 일어나 달빛이 비춰 주는 산길을 내려왔다. 하얀 봄 산이 저만치 멀어져 갔다.

불

. . . .

5월 6일, 날이 밝자마자 전화통에 불났다. 우리 집 안부를 묻는 전화다. 이웃 마을에 불났다는 소식이 멀리 있는 친척들한테도 전해졌나 보다.

"여긴 괜찮어. 거참, 불이 오다 말었다니께이."

전화 받을 때마다 똑같은 말을 되풀이하면서도 할아버지 목소리는 지치지 않았다. 오히려 웃음기가 돌았다. 딱 한 사람 전화만 빼고.

"아 그딴 거 읋어도 된다고 몇 번을 말하너. 뭐이? 듣기 싫다이! 날래 끊으라!"

방바닥을 냅다 후려치며 "에잇 씨OOO" 욕을 하더니 곧장 밖으로 나가 버렸다. 나도 모르게 "할아버이, 구덩이 40번" 할 뻔했다.

인천 큰고모 전화를 받은 게 틀림없다. 나에 대해 늘어놓았겠지. 심각하다느니 치료받아야 한다느니 어쩌고 하는. 웬만한 일에는 눈 한 번 꿈쩍 안 하는 할아버지인데, 누군가 나에 대해 나쁘게 말하는 것만 들으면 갑자기 열이 왁 올라 폭발한다. 큰고모 전화를 받을 때마다 아무 죄 없는 방바닥에 대고 화풀이한 게 한두 번이 아니다. 우리 집 방바닥은 큰고모 전화 목소리만 들리면 떨며 등판을 움츠릴 것 같다. 퍽 치고, 한번 때린 곳을 다시 퍽, 치며 소리친다. 그따우 말 입에 담지도 마라, 삐딱하게 보니까 삐뚤어지는 거고 이상한 사람으로 보니까 이상한 사람 되는 거 아니냐, 우리 손주처럼 훌륭한 사람 난 못 봤다이, 하며.

할아버지 말이 맞는 것 같다. 내가 작정하고 그 앞에서 마구 삐뚤어져 버리는 사람이 몇이 있는데, 그중 한 사람이 큰고모다. 언젠가부터 큰고모가 하는 말은 내 귓등에도 안 닿는다. 나는 이제 큰고모가 뭐라 하든 말든 아무렇지도 않게 적응했는데 할아버지는 아직 멀었다. 나처럼 강한 마음을 가지려면 좀 더 인생의 쓴맛을 겪어 보며 단련해야 할 것 같다.

밤새 잠을 설쳤더니 눈앞이 아른아른하지만, 학교를 빠질 수는 없지. 오늘 갔다 오면 140일 남는다.

"할아버이, 다녀올게요."

집을 나서며 큰 소리로 인사했다. 당연히 대답이 올 리 없다.

큰고모 전화 때문에 뜨거워진 머리를 식히려고 아침 일찍 뒷산 골짜기로 들어갔으니까.

언덕길 내려가는 내 머리도 뜨거웠다. 우리 집으로 다가오던 불은 꺼졌지만, 전화기 속 목소리는 다시 활활 살아나 나에게 닥쳐왔다.

'주먹질이나 하고… 너만 생각하냐… 지 엄마를 닮았는지… 고마운 걸 모르고….'

발치에 걸리는 대로 툭툭 걷어차며 걸었다.

'분노 조절 못 해서… 남들은 다 안 그러는데… 하는 짓이 겨우….'

나뭇가지며 돌멩이며 아무 데나 집어던졌다.

'우리 손주처럼 훌륭한 사람 난 못 봤다이….'

집었던 돌멩이를 슬며시 내려놓았다.

저기 늙은 물푸레 서낭나무 앞에서 주먹을 입에 댔다 뗐다 하며 나에게 손짓하는 게 곰인지 사람인지. 사람 맞다. 만나자마자 하품부터 해 댄다.

"니네 집, 하아압, 괜찮아?"

"응."

"시뻘건 게 하압, 혓바닥 날름날름하면서 하늘로 올라가는 게, 와아 하압…."

하품하는 걸 보니 두찬이도 잠 못 잤나 보다. 어젯밤 혹시 불씨라도 날아올까 봐 할아버지랑 나는 건넛산 등성이에서 한순간도 눈을 떼지 못했다. 지붕이랑 마당에 물을 뿌렸고, 통마다 물을 받아 놓았다. 만약을 대비해 소중한 것들을 챙겼다. 나는 하양둥이 염소와 벚나무 스키와 검은 가방을 산 아래 도랑가에 옮겨 놓았고, 할아버지는 망태와 이불, 할머니 사진, 솥단지, 숟가락을 보따리에 싸서 지게 위에 올려놓았다. 피난은 안 갔다. 다행스럽게도 불길이 우리 집이 있는 골짜기로 넘어오지는 않았으니까. 바람이 잦아들자 기운을 잃고 점점 작아지더니 날이 밝을 무렵에는 할아버지와 내 눈앞에서 완전히 사라지고 말았다.

밤나무집 할머니 말로는 처음에는 밤톨만 하던 불씨가 설설설 기어가면서 커졌다고, 바람을 확 타고는 이 산에서 저 산으로 건너뛰더라고, 불붙은 나무토막이 밑으로 굴러 내리고 새들이 후두둑 날아오르고 아주 난리였다고 한다. 집이 타고 자동차가 타고 개가 죽었다고, 누군가 던진 담배꽁초에서 시작한 불이라고 한다.

"하아흐압, 어떤 미친놈이 담뱃불 던졌는지….."

소 되새김질하듯 쩝쩝 하품하는 두찬이를 보니 나도 하품이 나왔다.

"하아압 그런 놈은 경찰서에 붙잡혀서 혼나야 하는데, 그치?"

내 말을 듣던 두찬이 입에서 엉뚱한 말이 나왔다.

"하흐압, 나도 한번 미쳐 보고 싶다."

내 입에서 나오려던 하품이 쏙 들어갔다. 입 대신 눈이 커졌다.

"뭐?"

"불을 피우면 불이 확 번질까흐압?"

내가 두 손 내저으며 말렸다.

"끝장이야. 참아."

"하아압 아주 조금만 피워 보면 어떨까?"

불길이 바람을 확 타고 두찬이 마음속으로 들어갔나 보다. 교실에 들어서자마자 내가 물 한 컵 가득 채워 두찬이에게 건넸다.

"큰일 난다니까!"

건네는 물을 받아 들고 꿀꺽꿀꺽 삼켰지만 한번 뜨거워진 마음은 식지 않았다. 국어 시간에도 사회 시간에도 내내 마음이 불타는 것 같았다. 과학 시간에는 두 눈이 빨려 들어갈 듯 서랍장에 쏠렸다. 두 발이 슬슬슬 가더니 서랍장 네 번째 칸 앞에서 멈췄다. 한 손으로 서랍 열고 다른 손으로 성냥 집어 주머니에 넣는 동안 아무 일도 안 일어나는 것처럼 얼굴은 앞을 향했다. 5학년 때 내 사물함 서랍을 뒤지던 두한이 녀석과 비슷한 행동 아닐까 생각했다. 아니다. 두한이 녀석은 누명 씌우려고 내 서랍에 남의 물건을 집어넣었다. 호기심 때문에 서랍 뒤지는 두찬이와는 아에 다르다.

과학 실험하는 내내 내 맘이 떨렸다. 다행히 과학 선생님은 알 아채지 못했다. 거기 네 번째 소모품 칸 서랍에 성냥이 있다는 것 조차 모르는 것 같다.

점심밥 먹자마자 두찬이가 앞장서며 손짓했다.

"가자."

내가 늑장 부리자 놀리듯 말했다.

"어이, 나쁜 일일수록 함께 해야 진정한 친구지."

두한이 녀석과 비슷한 말투라서 기분 나빴다. 나를 제 마음대 로 부려 먹겠단 뜻인지. 이대로 갈까 돌아갈까, 두 마음이 내 속 에서 다투는 동안 몸은 어느새 뒤뜰 언덕을 지나 소나무 숲에 다 다랐다.

소나무 뒤에 숨어서 우리를 보고 있는 눈이 있는가 살피는 동 안 두찬이는 마른 나뭇가지를 주워 모아 공기구멍이 생기도록 얼기설기 쌓았다. 종이를 가늘게 찢어서 공기구멍 사이에 놓았 다. 종이 위에 솔잎이나 가느단 나무를 더 올리면 좋겠지만, 저만 해도 붙을 것 같다.

"오, 처음이 아닌 것 같은데?"

"응, 하도 피우고 싶어서 책 보고 연습했거든."

성냥을 북 긋는다. 종이 끝만 까맣게 타다가 꺼졌다.

"됐어, 이제 그만해. 가자."

내 말 들을 리 없지. 두찬이가 기분 나쁘게 대꾸했다.

"왜? 쫄았어? 쫄보? 가고 싶으면 너나 먼저 가."

종이 위에 솔잎을 올리고 다시 성냥을 긋는다. 불꽃이 마른 솔잎을 태우고, 가느단 나뭇가지에서 굵은 가지로 옮겨 갔다. 화륵화르륵, 사나워졌다. 연기가 번졌다. 뜨거운 불기운에 소나무 가지가 위로 쳐들리며 마구 떨렸다. 두찬이 눈이 커졌다. 어어어어, 입이 벌어졌다. 다다닥타닥, 불소리가 커졌다. 닥닥닥닥, 발자국이 다가오는 것 같았다. 내가 다급하게 소리쳤다.

"야, 온다. 꺼, 꺼!"

두찬이가 후다닥 바지 내리고 오줌을 갈겼다. 나도 오줌을 갈겼다. 시시익, 하얀 김이 올라갔다. 마지막 숯검댕이 가지에서 나온 연기가 꼬리 길게 남기고 사라졌다. 두찬이 손이랑 얼굴에 그을음이 묻었다.

"거기서 뭐 해?"

정말로 누가 오는 게 맞았다. 우리 둘은 잽싸게 소나무 뒤로 숨었다.

"거기 있는 거 다 아는데?"

눈이 목소리다. 소나무 둥치 뒤에서 나갈까 말까 망설이는데 손바닥이 불쑥 나오며 내 등을 밀었다.

"장호, 너만 믿는다."

기분이 확 나빠졌다.

'비겁한 녀석.'

속으로 욕하며 나 혼자 빠져나왔다. 사람은 어려울 때 본래 모습을 드러낸다는 할아버지 말이 맞는 것 같다.

"거기서 뭐 하냐고!"

"…."

"안 들려?"

눈이 목소리가 점점 커졌다. 내가 "왜? 무슨 일 있어?" 시치미 뚝 떼며 소나무 숲 내리막을 내려왔다. 눈치 빠른 눈이지만, 두찬이는 못 본 모양이다. 우리가 무슨 일 벌였는지도 모르는 모양이다. 눈이 뒤를 따르다가 힐끗 돌아보았다. 나무 뒤에 숨었던 두찬이가 살며시 빠져나와 저쪽으로 돌아갔다.

수돗가에 가서 손 씻고 얼굴 씻었다. 웃옷을 걷어 올려 코에 대고 냄새 맡아 보았다. 지린내는 안 나는 것 같다. 절대 하면 안 되는 것을 하고 나니 마음이 불안했다. 한편으로는 뿌듯하기도 했다. 정말로 우리는 반란군이 된 것 같았다.

다음 날 학교 뒤 소나무 숲이 떠들썩했다. 4학년 5학년 아이들 떠드는 소리가 뒤뜰까지 내려왔다.

"와 미친…."

"신고해야….."

나는 웅성거리는 그쪽에 하나도 관심 없는 척 고개 돌렸다.

"거기 뭐 해?"

선생님이 창밖으로 얼굴 내밀고 본다. 소나무 숲에 모인 아이들이 한꺼번에 손짓했다.

"불이요! 여기 불 피웠어요."

"불이라고?"

선생님이 신발 한쪽은 실내화, 한쪽은 구두를 신은 채 부리나케 나왔다. 나는 나와 상관없다는 몸짓을 하며 느릿느릿 놀이터 쪽으로 발 옮기다가 다시 되돌아 걸었다. 위성안테나처럼 귀 쫑긋 세우고 숲에서 들려오는 소리에 집중했다.

"솔가지에 옮겨 가면 한꺼번에 다 탈 텐데."

"일부러 불 피운 것 같은데?"

"동네 아저씨들이 고기 구워 먹은 것 아닌가?"

맘대로들 떠들었다.

"중학생 형들이 담배 피우다 불낸 거야."

"우리 학교 태워 먹으려고 작정한 거야."

4학년 지연이가 펄쩍펄쩍 뛰었다.

"미쳤다. 그저께 산불 나서 다 타는 걸 봤으면서도."

선생님이 목덜미를 탁탁 치며 이런 사람 그냥 두면 큰일 난다고, 얼른 신고해서 붙잡아야 한다며 방방 떴다. 내 심장이 쿵쾅 뛰었다.

"얘들아, 112가 몇 번이지? 경찰서."

선생님 물음에 4학년 아이들이 소리 높여 대답했다.

"112요!"

어쩔 수 없다. 사실대로 밝히는 수밖에. 발길 돌려서 소나무 숲으로 올라갔다. 두찬이도 내 뒤를 따랐다. 주춤주춤 다가가서 막 입을 떼려는데 눈이가 말했다.

"저 짐작 가는 사람이 있거든요."

선생님과 아이들 눈길이 한꺼번에 눈이 쪽으로 쏠렸다.

"제 추리 결과는 바로…."

눈이가 손에 쥔 숯검댕이 나무 작대기를 빙글빙글 돌렸다. 아이들 눈알이 숯검댕이 끝을 따라 빙글빙글 돌았다. 내 가슴이 쿵쾅쿵쾅 뛰었다.

"너!"

소리와 함께 작대기 끝이 짚은 곳은 바로 두찬이다. 아니다. 두찬이 옆에 서 있는 나다. 수많은 눈이 한꺼번에 내 쪽으로 쏠렸다.

선생님이 버럭 소리쳤다.

"이거 뭐 하는 짓이야? 왜 우리 장호한테 누명 씌워?"

수빈이가 고개 저었다.

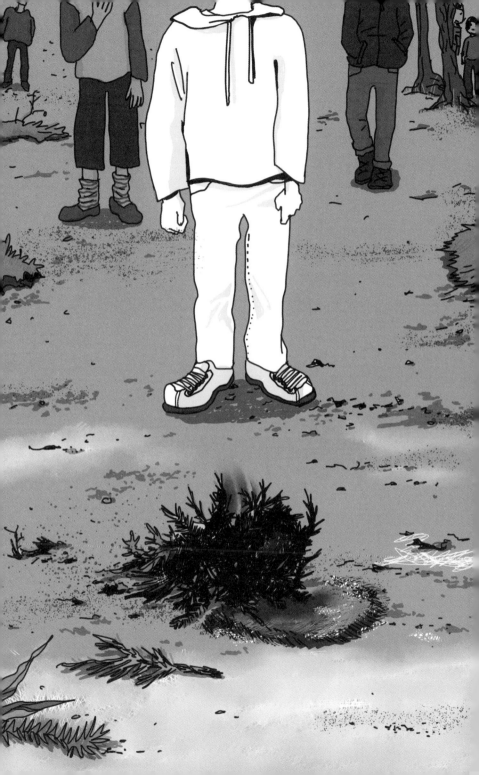

"네가 잘못 봤겠지. 착한 장호가 그럴 리 없잖아."

수빈이랑 선생님이 따지듯 말했다.

"눈으로 본 게 아니면 말하지 마. 사람 함부로 의심하는 거 아니야!"

"장호한테 왜 그래? 싸웠어?"

눈이 목이 달팽이처럼 움츠러들었다. 내 목은 더 짧게 움츠러들었다. 속이 새카맣게 타들어 갔다. 두찬이는 저쪽으로 고개 돌려 딴전 피웠다.

선생님이 다시 휴대폰을 꺼냈다.

"112가 몇 번이더라."

서둘러 말했다.

"사실은… 제가 그런 거 맞아요."

선생님이 고개 저었다.

"아냐, 아냐. 착한 우리 장호가 그럴 리가…."

못 믿겠다는 얼굴로 가만히 나를 본다.

"정말이에요."

"…."

"죄송합니다."

선생님은 말이 없고, 눈이는 목 길게 빼고 잘난 척했다. 나를 바라보는 수빈이 얼굴에 실망스러운 빛이 스쳐 갔다. 불에 그을린 나뭇가지 위로 개미 한 마리가 기어갔다. 젖은 재 위에 아이들 신발 밑바닥 무늬가 선명하게 남았다.

선생님이 다시 입을 열었다.

"이건 장호 잘못 아니야. 뭔가가 장호 마음속으로 들어와 장호를 조정한 게 틀림없어."

"…."

"역시 장호야. 자기가 한 짓을 감추지 않고 솔직하게 밝히다니. 아유, 착해라."

선생님의 칭찬이 이어졌다.

"우리 장호는 정말 못 말리는 호기심 대장이야. 그래, 사람은 호기심이 있어야 앞날에 발전이 있지."

억지 칭찬 들으며 더욱 고개가 숙어졌다. 얄미운 눈이가 끼어들었다.

"그 호기심이 네 인생을 망칠 수도 있다는 것 예상했지? 그런데 너 혼자 했어?"

"응, 그게…."

내가 우물거리니까 힌 발 뒤에 섰던 두찬이가 내 옆구리 쿡 찌르며 속삭였다.

"둘 다 걸리면 집단 방화라서 문제가 아주 커질 수 있다는 것 알지?"

어차피 말 안 하려고 했지만, 배신감이 밀려왔다. 주먹이 떨렸다. 튀어나오려는 욕을 참으려고 어금니 꽉 깨물었다. 인천이었으면 벌써 내 주먹이 나갔을 거다.

'하는 짓이 겨우….'

'그렇게 봐서 그렇게 되는 거라니까….'

'자기만 생각하는지….'

할아버지와 큰고모, 두 말이 내 속에서 다투었다. 큰고모가 멈추지 않고 내쏘는 동안 할아버지는 허어 거참, 하며 점점 뒤로 밀렸다.

'치료를 받아야….'

'싸움질이나 하고….'

'분노 조절을 못 해서….'

하나 둘 셋 넷, 숨 깊게 들이마시며 버텼다. 할아버지가 방바닥을 후려치며 벌떡 일어섰다.

'우리 손주처럼 훌륭한 사람 난 못 봤다이….'

내가 똑바로 서서 눈이 얼굴을 보며 대답했다.

"응, 나 혼자 했다이."

나도 모르게 나온 할아버지 말투에 눈이가 고개를 갸웃했다. 선생님이 물었다.

"장호, 내가 뭐라고 할 것 같아?"

"저를 혼내실 것 같습니다."

"앞으로 불장난 안 할 거지?"

"네, 소원은 풀었습니다. 평생 다시는 안 할 겁니다."

"그럼 믿을게. 다신 안 할 것으로. 그래도 벌은 받아야지?"

"네" 하고 대답할 수밖에 없었다. 두찬이에 대한 기대를 버리고 나니 오히려 마음이 편해졌다.

"어떻게 벌받을까?"

"선생님 뜻에 따르겠습니다. 뭐든 하겠습니다."

대답하는 나 자신이 썩 떳떳하게 느껴졌다. 선생님이 휘휘 둘러보며 물었다.

"장호가 선생님 뜻대로 벌을 받겠다는데, 그렇게 해도 될까?"

수빈이랑 아이들이 "네" 대답했다. 자기 스스로 잘못을 밝힌 거니까 벌받는 사람의 의견을 존중해 주는 게 옳다고 했다.

선생님이 물었다.

"장호, 네가 선생님이라면 어떤 벌을 줄 것 같아?"

나는 입에서 나오는 대로 말했다.

"반성문 쓰라 하고, 봉사 활동시킬 것 같습니다."

"…."

"그리고 강제 전학을 가라고 할 것 같습니다."

선생님이 고개 저었다.

"너처럼 훌륭한 인재를 다른 데로 보내는 건 학교와 나에게 너무나 큰 손해야."

손해는 선생님이 본다는데, 아무 상관도 없는 내가 왜 눈물이 나오려 하는지 모르겠다.

"불의 위험에 대해서 내가 따로 말 안 해 줘도 되겠지? 네가 말해 봐."

생각나는 대로 말했다.

"불은 집과 재산을 잿더미로 만든다. 산을 불태운다. 나무를 태운다. 그리고 생명을 잃을 수도 있다."

선생님이 끄덕였다.

"응, 그 말을 다른 사람한테 들어. 열 명 만나서 꾸중 듣고 기록해. 너의 자존심에 금이 가는 아주 괴로운 벌인데, 괜찮겠어?"

"열심히 해 보겠습니다."

열 명 만나러 다녔다.

맨 처음 만난 사람은 지후다. 내 말은 들어 보지도 않고 대뜸 "이건 다 걔네 때문이야" 하며 붕대 감은 손을 치켜들었다. 오리장 짓다가 망치에 찧었다고, 그날 구덩이 메우지 말자는 의견 낸 한서와 그 의견에 찬성한 눈이를 원망하고 있었다.

"지후야, 나한테 불조심 꾸중 좀 해 주라."

내가 부탁하자 지후가 붕대 감은 손바닥 내밀며 대답했다.

"공짜로?"

"공짜 아냐. 지난번에 내가 구덩이 50번 파 줬잖아."

지후가 다음에도 부탁해, 하며 큰 인심 쓴다는 듯 나에게 꾸중을 해 주었다.

"잘 들어. 불 불 불조심. 불은 호랑이보다 무섭고 음주 자동차보다 무섭다. 불조심해야 해, 장호야아."

나는 '호랑이보다 무섭고 음주 자동차보다 무섭다'를 수첩에 받아 적었다.

책을 안고 도서실에서 나오던 수빈이가 내 앞에서 발을 멈췄다. 내가 속으로 기어드는 말을 억지로 끄집어내어 작은 목소리로 부탁했다.

"나한테 꾸중 좀…."

"너는 뭐 해 줄 건데?"

"너가 해 달라는 것 전부."

수빈이가 "그럼, 떡 하나 주면 꾸중해 줄게" 했다.

"떡? 찰떡? 가래떡?"

"아니, 이야기 떡. 재밌는 얘기 하나 해 달라고. 지난번, 네가 산에서 한 소 이야기 재밌었거든."

내가 쑥스럽게 웃으며 "내일 얘기 하나 해 줄게" 했다. 수빈이가 꾸중을 해 주었다.

"불은 고마운 것도 있지만 잘못 쓰면 너 자신을 해쳐. 불조심하자."

말 그대로 수첩에 받아 적었다.

한서 말도 받아 적고, 유안이 말도 받아 적었다. 유안이가 말하는 동안 곁에 서서 코딱지 튕기던 두찬이가 자기도 도와주겠다며 입 벌렸다.

"숲에서 불장난하지…."

말이 끝나기 전에 휙 돌아섰다. 받아 적지 않았다. 4학년 지연이 말도 받아 적고, 1학년 동생이 하는 말 "형아 또 그러기만 해 바라 나한테 엉덩이 세 대 혼난다"도 또박또박 받아 적었다.

엉큼스러운 눈이는 내가 부탁도 안 했는데 나한테 와서 꾸중을 늘어놓았다.

"불불 불조심, 자나 깨나 불조심. 혼자서도 불조심, 둘이서도 불조심."

둘이 불조심? 내가 수첩에 적으려다 말고 눈이 얼굴을 빤히 바라보았다. 눈이가 한쪽 눈 찡긋하며 사라졌다. 내 가슴이 덜컥 내려앉았다. 놀이방에서 나랑 놀아 주던 누나 얼굴이 하얗게 멀어져 갔다. 내 속에 있는 내가 밤톨만큼 작아진 채 구석에 웅크렸다. 언제쯤 내 마음에서 그 얼굴이 지워질까. 내 몸이 있는 곳 어디라도, 바다라도, 우주 끝이라도 따라붙을 것인지.

열 명 다 채웠다. 아이들 말을 정리해서 복도 벽에 붙였다. 선생님이 벽 앞에 서서 읽으며 끄덕였다.

"장호, 이제 됐다. 애썼어."

"…."

"네 소원이 불 피워 보는 건데 시원스럽게 못 피워 봐서 아쉽지?"

"…."

"장마철 지나면 공기가 습해서 불이 잘 안 나거든. 7월 언제쯤, 그때 우리 다 같이 물가에 가서 불 피워 보자."

"…."

선생님이 말하는 내내 나는 고개 숙이고 가만히 듣고만 있었다. 두찬이가 덩달아 숙이며 내 손을 잡으려고 했다. 내가 얼른 손을 잡아 뺐다. 두찬이가 들릴 듯 말 듯 중얼거렸다.

"얼른 7월이 되었으면…."

나는 못 들은 척했다.

물

. . . . . .

7월 23일, 87번 남았다.

아침에 할아버지가 작은 종이 상자를 건넸다. 엊저녁에 동갑내기 할머니 집에 들러 받아 온 것이다. 우체부 오토바이가 못 올라와서 우리 집에 오는 우편물은 산 아래 첫 집에 맡겨 놓으니까.

"이게 뭐예요?"

"어여 열어 보라이."

할아버지가 저쪽으로 비켜 갔다. 나는 뜯지 않았다. 엄마가 생일 선물이라며 보냈을 것 같다. 상자에 적힌 글씨체를 보자마자 왈칵 서러움이 치밀었다.

"선물, 필요 없어요."

그대로 구석에 밀쳐놓았다.

창문을 여니 샛노란 빛이 휙 지나갔다. 버드나무 푸른 잎 사이에 내려앉은 꾀꼬리가 버럭 성질내듯 꽤애액 크아악, 울어 댔다.

교실 들어가기 전에 우리 반 텃밭을 둘러보았다. 고구마 줄기가 좍좍 벋어 밭두둑을 퍼렇게 덮었다.

"가을에 캐면 고구마 요리도 하고, 그리고 시장에 가져가 팔아서 큰돈을 벌 거야."

두둑에서 잡초를 한 움큼 뽑아 든 두찬이가 눈 번뜩이며 말했다.

"돈 벌어서 람보르기니도 사고 멕시코 여행도 가고…."

두찬이가 무슨 짓을 하든 나는 관심 없지만, 농사는 잘되면 좋겠다. 봄부터 힘들게 일했으니까.

참새 떼가 앉아 떠드는 벗나무 아래 논에는 모가 무럭무럭 자란다. 줄기가 통통하게 부푼 걸로 봐서 곧 이삭이 팰 것 같다. 삽질 소리 요란하던 구덩이에는 아이들 대신 오리가 들어가 꽥꽥 욕하며 헤엄친다.

"선생님, 낼모레 맞지요?"

교실 달력 앞에 선 두찬이가 이빨 하얗게 드러내며 웃었다. 낼모레, 25일이 불 피우는 날이라며.

나도 기억난다. 봄에 숲에서 불장난하다가 걸렸을 때 선생님이 "다 같이 물가에 가서 불 피워 보자" 하고 말한 적이 있다.

"오늘이 7월 23일이니까…."

선생님이 달력에 다가가서 손가락 짚으려다 멈칫하며 지후 쪽을 본다.

"정말 가고 싶어? 집 떠나면 고생일 텐데."

두찬이가 들뜬 목소리로 대답했다.

"이제 두 밤만 자면 돼요."

선생님은 영 내키지 않는 얼굴이다. 이마 주름이 깊게 패었다.

"가기로 했으면 가야겠지. 성냥은 안 돼. 라이터도 안 돼. 불이 귀해지려면 힘들게 얻어야 하는 거야. 선사시대 사람들처럼."

"그럼 돋보기로 불 피우는 건 괜찮나요?"

한서 말에 선생님이 절레절레 저었다.

"돋보기도 안 돼. 햇빛에 대고만 있어도 불이 생기니까 불이 안 귀해."

지후가 책상을 내리쳤다.

"그럼 불을 피우지 말라는 거잖아요. 갑자기 번개가 꽝 쳐서 불이 날 것도 아니고."

선생님이 손가락을 튕겼다.

"번갯불! 바로 그거야. 번갯불로 불 피우는 건 괜찮아. 번갯불로 콩 볶아 먹어도 괜찮고."

말 안 되는 소리 하는 선생님 때문에 아이들이 또다시 말 안 되는 소리를 늘어놓기 시작했다.

"머리 박치기 꽝 부닥쳐서 불 피우는 건 돼요?"

"반딧불이로 불붙이는 건?"

"발등에 떨어진 불은?"

"눈에 불을 켜?"

"호랑이한테 담뱃불 빌릴까?"

"불닭볶음면 먹고 입김 내뿜을까?"

"···"

더 이상 떠오르는 불이 없는지 마구 떠들던 입들이 조용해졌다. 선생님이 빈정거리는 말투로 물었다.

"어디 그럼, 우리 반 호기심 대장님은 뭘로 불 피우시려나?"

두찬이가 밀리지 않는 말투로 대답했다.

"활대로 문질러서요."

"그래, 성공하길 빌어. 혹시 실패하더라도 너무 실망하지는 말고. 실패도 좋은 경험이니까."

실패하기를 바라고 하는 말 같았다. 만약 나에게 물어본다면 자랑스럽게 대답했을 텐데. 비 오는 산에서 할아버지랑 불 피운 적 있으니까. 하지만 묻지 않아서 가만히 있었다.

누가 뭐라 하든 두찬이 마음은 활활 불탔다. 선사시대 사람들 살아가는 모습이 나오는 책을 보고 또 본다.

"이번엔 불 피우다 말고 급하게 오줌 안 눠도 돼?"

불쑥 말 걸어 놓고는 대답할 사이 없이 다시 묻는다.

"불 때서 밥하면 정말 밥이 잘되겠지?"

물어 놓고는 들을 사이 없이 다시 고개 숙여 책을 본다.

"와, 이건 정말 참."

두찬이가 보는 책에는 짐승 가죽 걸친 아저씨가 쭈그려 앉아 활대를 문지르는 그림이 있다. 1만 년 전 원시인 아저씨는 지금 아저씨들보다 광대뼈가 튀어나오고 얼굴에 털이 많다. 어깨가 떡 벌어지고 팔뚝과 다리 근육이 짱짱하다. 불 피워 구워 먹으려는지 동굴 한쪽 구석에는 사냥한 멧돼지가 털썩 놓였다. 멧돼지는 그때나 지금이나 똑같은 멧돼지다.

"히야아, 부럽다아."

'부럽다' 하는 소리가 길게 늘어지며 교실 바닥까지 닿았다. 네 다리 뻗고 털썩 누운 멧돼지가 부러운 건 아닐 테고, 아무래도 활대 쥐고 있는 원시인 아저씨를 보며 하는 말 같다.

"우리가 계곡에 가서 할 체험이 바로 이거야. 활대로 불 피우기. 사냥한 것 구워 먹기."

두찬이가 하자는 대로 닥나무로 활을 만들어서 연습했다. 활줄에 나무 꼬챙이 끼워서 돌리는 내내 "앗 뜨거, 앗 뜨거" 호들갑을 떨었다.

"이게 진짜 불이 붙겠?"

찬식이가 궁금해했다. 두찬이가 들뜬 목소리로 말했다.

"불어. 옛날 원시인 아저씨들은 다 이걸로 불 피웠다니까. 나무 꼬챙이가 돌면서 밑에 받침대를 비비니까 마찰열 때문에 불씨가 생기는 거야."

자기는 불 피우는 것도 자신 있고, 물고기 잡는 것도 자신 있다고 했다.

"우리 집은 맨날 부엌 아궁지에 불 때서 밥하고 쇠여물 쑨다야. 뒤란에 장작이 산데미처럼 쌓였거덩."

찬식이가 별 관심 없는 목소리로 대꾸했다. 자기는 불 피우는 건 별로지만 물고기 잡아서 매운탕 배불리 먹는 건 괜찮다고 했다.

"준비물 어떻게 할까?"

그늘나무 밑에 모여 앉아 의논했다. 낚싯대와 숟가락은 각자 가져가고, 쌀은 유안이, 눈이는 고추장, 수빈이는 김치, 한서는 밀가루, 지후는 파, 나는 냄비를 챙겨 가기로 했다. 찬식이는 이만한 수박, 두찬이는 닥나무 활과 꼬챙이를 책임지겠다고 했다.

"가장 중요한 건 역시 불이야. 불이 있어야 음식이 되는 거니까."

두찬이는 불에 완전히 꽂혔다. 5월 산불 나던 어느 날, 바람이 확 불어 활활 타오르던 그때와 똑같은 눈빛이다. 다른 건 몰라도 불은 두찬이 몫이다. 피우든 못 피우든 두찬이가 하는 대로 놔둬야 할 것 같다. 나는 끼어들지 말아야지, 마음먹었다.

7월 25일, 점심밥 먹자마자 모가 퍼렇게 서 있는 논둑길 지나 앞 개울로 나갔다. 반짝반짝 눈부신 물비늘 한복판에 서 있던 왜가리가 대가리를 쿡 집어넣더니 물고기 한 마리 칵 물고 나왔다. 수빈이가 손뼉을 탁, 치며 "에끼 이놈!" 하니까 왜가리가 훌쩍 날아올랐다. 아이들이 "훨훨 간다!" 합창했다. 두찬이는 "활활 탄다!" 소리쳤다.

머리 위에서 내리쬐는 볕이 뜨겁다. 머리카락이 다 탈 것 같다.

"더워, 더워."

손바람 훌훌 일으키며 멈추지 않고 걸었다. 매미가 멈추지 않고 울어 댔다. 이만한 수박 한 통 짊어진 찬식이는 멈추지 않고 투덜거렸다.

"무거워 무거워 무거워….."

마을 끝 외딴집 할머니네 고추밭을 지날 때 찬식이 입에서 나오는 소리가 바뀌었다. 무거워 대신 "매워 매워" 하며 입안으로 손부채질하더니 뜬금없이 참매미 소리를 냈다.

"매움매움매움매에….."

두찬이가 총 쏘는 시늉 하며 찬식이 귀에 대고 따르르르 말매미 소리를 냈다. 유쓰유씨옹 *쓰쓰쓰쓰씨씨씨씨*, 눈이가 유지매미 소리를 냈다. 들을 지나 참나무 숲길로 들어서니 소리가 바뀌었다. 떠들썩한 말매미 유지매미 대신 털매미가 지이이이이,

자신감 없는 듯한 소리로 울었다.

선생님이 떡갈나무 잎을 똑똑 따 모았다. 아이들도 떡갈나무 잎을 따서 부채질하며 걸었다. 찬식이는 짜증 부리듯 휘리릭 부채질해 놓고는 숨이 넘어갈 듯 헐떡거렸다.

"더워 죽겠다 무거워 죽겠다 힘들어 죽겠다 목말라 죽겠다 죽을 것 같아 죽겠다…."

두찬이는 듣기 싫어 죽겠다며 두 손으로 귀를 막았다.

"찬식, 내가 좀 들어 줄까?"

내가 묻자 "참을 만하다이" 하며 혼자 짊어지겠다고 고집부렸다.

"엔진이 부르릉 하민서 연기를 뿜어내야 자동차가 앞으로 나가는 것처럼, 나는 죽겠다 죽겠다 소리를 뿜어내야 몸이 앞으로 잘 나가거덩."

고집만 센 게 아니라 자존심도 센 것 같다.

"물고기다!"

지후가 가리키는 곳을 보니 엄나무 가시에 물고기 한 마리 거꾸로 꿰여 있다. 말라비틀어져 뼈가 드러난 걸로 봐서 꽤 오랫동안 걸려 있었던 것 같다. 때까치 짓이다. 할아버지 말로는 살아 있는 걸 죽여 놓고 먹지 않는 동물은 때까치랑 인간뿐인데, 때까치는 자기가 저장해 놓은 곳을 깜빡해서 못 찾아 먹는 거니까 인간하고는 다르다고, 재미로 무언가를 죽이는 인간하고는 어울리지 않는 게 좋다고 했다.

"물이다!"

두찬이가 이끼 낀 바위틈에 고인 옹달샘을 가리켰다. 수빈이가 청미래덩굴 잎사귀를 따서 조롱박 모양으로 접었다. 아이들이 수빈이 하는 대로 따라 했다.

"흐으, 차거."

유안이가 한 모금 입에 대고는 부르르 떨었다. 청미래 잎사귀로 물 떠서 마시니까 물맛이 더 향긋하고 시원했다.

죽겠다며 짊어지고 온 이만한 수박을 바위 위에 내려놓았다. 칼을 대기도 전에 저절로 쩍 갈라졌다. "드디어 해방이다야!" 하며 찬식이가 시원하게 웃었다.

선생님이 수박 한 조각 입에 문 채 떡갈나무 잎을 엮었다. 잎과 잎을 서로 꿰어 왕관 모자처럼 만들었다. 아이들이 선생님 하는 대로 따라 했다. 눈이가 떡갈잎을 얼굴에 대고 구멍 뚫어서 가면처럼 만들었다. 아이들이 눈이 하는 대로 따라 했다. 지후가 보랏빛 칡꽃을 따서 귀에 꽂았다. 아이들이 지후 하는 대로 따라 했다. 두찬이가 개똥나무 이파리를 돌돌 말아 콧구멍에 쑤셔 넣었다. 아무도 따라 하지 않았다.

떡갈잎 모자 쓰고, 떡갈잎 가면 쓰고 칡꽃 귀에 꽂고 걸었다. 시원한 그늘을 이고 가는 것 같았다. 하얀 바위 세 개가 벽처럼 버티고 있는 벽암 계곡으로 들어서서 바위 아래 모랫바닥에 짐을 풀었다. 해가 서쪽으로 기울고 있었다.

"너무 늦은 것 아닌가?"

선생님이 걱정했다.

"불부터 피워야 해!"

두찬이가 짜잔, 하며 닥나무 활을 꺼냈다. 그동안 연습한 대로 활줄에 나무 꼬챙이 걸고, 받침대에 맞춘 다음 영차영차 잡아당겼다. "앗 뜨거, 앗 뜨거." 소리 내며 당겼다. 끼긱끼긱 소리 내며 꼬챙이가 돌아갔다. 받침대 바닥이 점점 꺼메졌다. 두찬이 얼굴이 점점 벌게졌다. 불은 안 생겼다.

"속도가 너무 느린가? 원시인 아저씨는 되는데 우린 왜?"

두찬이가 짜증 냈다. 식식 뿜어내는 콧김 때문에 콧구멍에 끼웠던 개똥나무 이파리가 튀어 나갔다.

"앗 뜨거, 앗 뜨거 앗 뜨거…."

더 빠르게 소리치고, 더 세차게 당겼다. 받침대 바닥이 더 시꺼메졌다. 얼굴이 더 시뻘겋게 달아올랐다.

"호아, 열받네!"

불은 끄떡도 안 하는데, 두찬이만 열이 확 올라 냇물에 돌을 집어 던졌다. 물탕 튕기는 소리가 끊이지 않았다. 나는 두찬이가 무엇을 하든 나와 아무 상관없는 일이니까 모른 척하고 있었다.

내 옆에 놓인 검은색 가방도 두찬이가 무엇을 하든 입 꼭 닫은 채 꿈쩍 않고 있었다.

"어젯밤 내가 예상한 거랑 딱 맞네?"

지후가 바닥에 내팽개쳐진 활을 걷어차며 시무룩하게 내뱉었다. 불도 못 피우고 쫄쫄 굶다가 돌아올 거라 짐작했는데, 그대로 되고 있다는 소리다. 찬식이랑 아이들이 한마디씩 했다.

"배는 꼬르륵꼬르륵 뭐래두 넣어 달라고 재촉하는데 어떻게 하니."

"생쌀이라도 씹어 먹자."

"난 그냥 굶고 말 거야."

"원시인은 되는데 우리는 왜 안 되는 걸까?"

실망 소리가 높아졌다.

"선생님 때문이에요."

"불이 귀해야 한다더니, 아예 없잖아요."

"불 어떡할 거냐고요!"

불만 소리가 한 사람에게 꽂혔다. 선생님이 머리 쥐어뜯었다. 내가 이때다 싶어 검은 가방을 열려는 순간, 선생님이 손가락을 탁 튀겼다.

"아차차, 그러면 되겠다."

짊어지고 온 밤색 배낭 속에서 주섬주섬 뭔가를 꺼냈다.

"이게 볼록렌즈 원리랑 똑같거든. 불이 붙게 되어 있어."

투명 비닐봉지에 물을 채워 나무 작대기에 매달았다. 공처럼 부푼 비닐봉지를 쓰다듬으며 주문 외웠다.

"볕을 모아 모아, 불이 활활활···."

아이들 마음이 다시 뜨거워지기 시작했다. 눈빛이 살아났다. 신문지를 바닥에 놓고 빛이 한 점에 모이도록 조정했다. 두찬이가 던지려던 돌멩이를 내리며 이쪽으로 고개 돌렸다.

"검은색에 닿아야 해."

신문에 박힌 남자 사진, 빨간색 잠바 입고 거리에 서서 수많은 사람을 향해 뜨겁게 외치고 있는 남자의 눈에 빛이 모이도록 조준했다.

"뒤로, 아니 좀 더 당겨 봐."

아무리 해도 초점이 안 생겼다. 불이 붙기는커녕 뜨뜻해지지도 않았다. 지켜보던 눈들이 초점을 잃었다.

"하아, 이럴 리가 없는데···."

부풀었던 마음이 푸시식 꺼졌다. 골짜기 깊은 곳에서는 해가 금방 진다는 걸 미처 예상하지 못했나 보다.

지후가 "거봐, 안 된다니까. 믿을 사람을 믿어야지." 투덜거렸다. 두찬이가 "관둬, 다 관두라고!" 울부짖으며 다시 돌멩이를 집어 던졌다. 선생님이 비닐봉지를 이마로 탁탁 들이받으며 부르

짖었다.

"불, 불, 불!"

나도 모르게 말이 튀어나왔다.

"줄!"

내 검은색 가방 안쪽에 숨겨 놓은 위기 탈출 물품 중 하나, 가방 열어 보니 그대로 있다. 산에서 살아남으려면 꼭 있어야 한다고 챙겨 넣은 붕대, 칼, 손전등과 함께 나란히 있다. 줄은 할아버지가 톱날을 날카롭게 세울 때 쓰던 쇠막대기 연장인데 불 피울 때도 쓸모 있다. 비 오는 산에서 할아버지랑 바위 밑에 앉아 피운 적 있다.

"이걸로 차돌멩이 때리면 불꽃 생겨요."

선생님이 내가 건넨 줄을 두 손으로 꼭 움켜쥐고는 부들부들 떨었다.

"오오오오, 이건 나에게 엄청난 선물이야."

기뻐하는 모습을 보니 뭉클했다. 선생님 기뻐하는 것이 오히려 나에게 선물인 것 같았다. 마음 깊은 곳에서 물결이 출렁거렸다.

아이들이 차돌을 찾는 동안 나는 마른 쑥잎을 찾았다. 마른 쑥잎을 손바닥으로 비벼서 솜처럼 폭신폭신한 부싯깃 뭉치로 만들었다.

수빈이가 찾은 차돌 위에 내가 만든 쑥 뭉치 부싯깃을 올려놓

왔다. 두찬이가 냇물에 던지려던 돌을 내리며 이쪽으로 고개 돌렸다. 선생님이 손에 쥔 줄을 높이 치켜들고 힘차게 내리쳤다. 한 번 두 번 세 번…. 선생님 손이 오르내릴 때마다 두찬이 고개가 오르락내리락, 두찬이 발이 한 발 한 발 다가왔다. 처음부터 끝까지, 한순간도 줄에서 눈을 떼지 않았다.

선생님이 내리치려던 손을 멈추고는 그래 너 해라, 하며 줄을 두찬이에게 건넸다. 두찬이가 줄을 높이 치켜들고 으으어어어, 원시인처럼 소리쳤다. 곧장 내리치기 시작했다.

"탁탁탁틱…."

불꽃이 튀겼지만 금방 부싯깃 뭉치에 옮겨붙지는 않았다.

"내가 한번 해 볼까?"

한서가 손 내밀었다. 두찬이가 내줄 리 없다.

"좀만 더 하면 돼. 탁탁탁탁…."

입으로 내는 소리가 커질수록 손으로 때리는 힘도 강해졌다. 쉬지 않고 때렸다.

"조금만 더, 조금만 더."

불꽃이 점점 늘어났다. 때리는 방법은 비슷한데 어떨 때는 생기고 어떨 땐 안 생겼다. 아주 작은 각도나 힘의 세기에서 차이가 나는 것 같았다. 되풀이하면서 점점 그 작은 차이를 바로잡아 가는 것 같았다.

탁탁탁탁 치고, 촤악촤악촤악 불꽃 튀기고, 툭툭투둑 불똥 떨어지고, 드디어 피시시시 파란 연기가 가늘게 일어났다.

"불!"

선생님이 연기 나는 쑥 뭉치를 손바닥에 놓고 후후 불었다. 밤톨만 하던 불씨가 빨갛게 살아나며 밤송이만큼 커졌다. 연기가 짙어졌다. 불씨 위에 마른 솔잎과 자작나무 껍질을 올리고 엎드려서 훅훅 불었다. 자작나무 껍질이 자작자작 타들어 갔다. 두찬이랑 선생님 얼굴이 거뭇거뭇 그을렸다.

"앗 뜨거, 앗 뜨거!"

눈이랑 한서가 마른 나뭇가지를 꺾어 자꾸 올렸다. 드디어 활활 살아났다.

"으하하하, 성공이다! 역시 나는 나야!"

두찬이가 만세 부르는 동안 나랑 수빈이는 불 둘레로 돌울타리를 쌓았다.

"잘 탄다! 잘 탄다!"

다 같이 모닥불 둘레에 둘러앉아 조용하게 타오르는 불꽃을 바라보았다. 불꽃이 흩어졌다가 합치면서 뿔처럼 되었다가, 꽃처럼 되었다가, 도깨비처럼 되었다. 어느 순간 사람 얼굴처럼 되었다. 놀이방에서 웃던 누나 얼굴이 거기에 있는 것 같았다. 누나는 정말 스파이나 마찬가지일까. 나를 속여 먹으려고 일부러

다가와서 친한 척 놀아 준 것이라는 큰고모 말은 진짜일까.

'아니다. 아닐 거야.'

나도 모르게 세차게 고개 저었다.

"장호, 어지럽나? 배고퍼서 그런 거여. 좀만 더 기다리라이."

찬식이가 쌀 씻으러 간다며 냄비 들고 일어섰다.

"아니, 배고픈 게 아니라…."

얼른 뒤따라가서 같이 쌀 씻었다. 냇물에 하얗게 쌀뜨물이 번지니까 새끼 버들치들이 새까맣게 몰려들었다.

돌 받침대 위에 냄비를 올렸다. 불길 닿은 냄비 바닥이 까맣게 그을리면서 구수한 밥 냄새가 풍겼다. 보글보글 끓는 소리가 났다. 타는 불에 끓는 물을 흐뭇하게 지켜보던 두찬이가 자리에서 일어섰다.

"난 물고기 사냥도 잘해!"

우쭐거리며 산그늘이 길게 늘어진 물가로 갔다. 나도 서둘렀다. 내 낚싯대는 싸리나무 낚싯대. 방금 개울 뒤 숲에서 꺾어 다듬어 만들었다. 나는 두찬이 건너편, 물 위로 솟은 넓적 바위에 자리 잡고 앉아 낚시를 던졌다. 물이 흐르다가 돌바위에 막히면 두 갈래로 나뉘어 흐르는데, 그 한가운데가 물고기 모이는 자리다. 잔잔해서 물속이 훤히 보인다.

아까부터 바위 위에 앉아 낚시하던 지후는 여태껏 감감무소식.

"여기 물고기는 도대체 먹이에 관심이 없어."

성질 버럭버럭 내며 또다시 자리를 옮겼다. 옮기자마자, "에잇 바보 같은 놈" 쉬지 않고 투덜거렸다. 엎드린 바로 고 앞에 미끼를 던져 줬는데도 물고기가 안 문다고, 눈은 뒀다 어디에 쓰는지 모르겠단다. 바보 아니라 영리한 놈 아닐까. 금방 뭘 하나 잡아먹고 꺼억 배가 부른 놈일 수도 있고.

가만 들여다보니 시커먼 눈이 바윗돌 속에 숨어서 내다본다. 대가리가 몸보다 큰 놈, 꺽지다. 내가 미끼를 바로 앞에 대놓고 꼬물꼬물 흘렸다. 못 본 척 가만히 있던 녀석이 지느러미 재바르게 저으며 관심을 보인다. 비스듬히 몸 뒤집는다. 보고 있는 나도 고개가 비스듬히 눕혀졌다. 온다. 왔다. 흡, 빨아들이듯 물었다. 간다. 팽팽해졌다. 후두두둑, 낚싯대 쥐고 있는 손이 떨렸다. 잡아챘다. 낚싯대 끝이 휘청 휘어지며 끌려왔다.

"낚았다!"

낚싯줄 끝에서 푸들푸들 몸부림칠 때마다 물방울이 튕겼다. 모랫바닥 위에서 파닥파닥 몸부림쳤다.

지후가 갑자기 선생님 쪽을 바라보며 "아이고, 파닥파닥" 소리쳤다. 꺽지가 너무 파닥거린단다. 유안이가 "나도 잡았다, 크다, 커!" 호들갑 떨며 낚싯대를 당기더니 금방 시무룩해졌다. 물고기가 아니라 지구를 낚았단다. 돌 틈에 낚싯바늘이 걸렸다는 소리다.

어둑해지는가 싶더니 갑자기 어두워졌다. 어둠 속에서 물소리가 더욱 커졌다. 쏙쏙쏙쏙쏙쏙쏙, 가까운 곳에서 무우 채 써는 듯한 소리가 났다. 날 저물어 가는 이맘때면 틀림없이 우는 새, 쏙독새다. 퐁당퐁당 잔물결이 번졌다. 물 밖으로 튀어 오르는 은빛 몸들, 피라미다.

어둠 속에서 눈 대신 귀가 열렸다. 닫힌 방 안은 온통 어두웠다. 나는 나를 부르는 엄마 목소리를 기다리며 문이 하얗게 열리길 기다렸다. 하지만 언제까지나 네모 속 캄캄한 어둠 그대로였다.

"삼켜 버릴 거야 수르르."

"괜찮아 추르렁."

"장호야아아."

"바보 바위 바다 츠으으."

냇물은 술렁 수르릉 술술 쉬지 않고 흘러간다. 수다쟁이 귀신처럼 떠들며 흘러간다.

어둠 속에서 손의 감각이 살아났다. 추가 바닥에 닿은 자리가 낚싯줄과 낚싯대 끝을 통해 전해 왔다. 눈 감고도 물속이 훤히 보이는 듯했다. 낚싯바늘은 모랫바닥에 놓였고, 추가 단단한 것에 부딪히는 느낌으로 보아 바늘 옆에는 돌이 하나 있을 것이다. 바람은 고요하고 물결은 잔잔한데, 방금 뭔가가 톡톡 치다가 물러났다. 피라미 아니면 버들치 몇 마리가 미끼 둘레를 맴도는 것 같다.

투두둑 당겼다. 느리고 뭉툭한 느낌이다. 짧고 날카롭게 당기는 꺽지와 다르다. 메기일 것이다. 어차, 하며 잡아챘다. 대나무 낚싯대 끝이 휘청 휘었다. 밀가루 자루 끌리듯 천천히 끌려 나왔다. 팔뚝만 한 메기가 몸에 모래를 묻히며 펄떡거렸다.

나는 메기 다섯 마리, 꺽지 두 마리, 산천어 한 마리 잡았다. 두찬이는 탱가리와 개리와 돌고기를 잡았고, 수빈이는 메기와 빠가사리를 잡았다. 선생님은 아이들이 낚싯대 올릴 때마다 "월척이다!" 소리치며 달려가서 물고기를 망에 넣었다.

나랑 선생님이 물고기 손질해서 밀가루 묻혀 냄비에 넣었다. 고추장 풀어 넣고, 재피나무 잎사귀 훑어 넣고, 수제비 반죽 뚝뚝 뜯어 넣었다. 파 툭툭 잘라 넣고, 유안이가 가져온 라면 한 개도 부숴 넣었다. 냄비 뚜껑 닫고 어서 끓기만 기다렸다.

두찬이는 돌고기를 꼬챙이에 꿰어서 불 위에 올렸다. 싸리나무 꼬챙이를 빙글빙글 돌리면서 입으로는 엉뚱한 소리를 했다.

"자, 돼지고기가 익어 갑니다. 지글지글지글…."

밤 9시쯤 되었을까.

"배고파, 배고파."

다들 배고프다고 난리다. 나도 배가 고팠다. 두찬이가 구워서 건넨 돼지고기를 먹었더니 더 배가 고팠다. 찬식이는 아예 맛도 못 보았다고 투덜거렸다. 고기 부스러기가 너무 작아서 이빨 사이에 다 끼었다고, 목구멍으로 넘어가는 게 하나도 없었단다.

매운탕 냄비 뚜껑이 달그락달그락, 매운 내가 확확 올랐다.

"캬아."

선생님이 한 국자 떠서 맛보더니 기가 막힌 맛이라고 했다.

밥그릇에 밥과 국을 담고, 떡갈나무 잎에 수빈이가 가져온 김치를 담았다. 모닥불에 둘러앉아 연기에 눈물 흘리며 먹었다. 일렁이는 불꽃에 밥 먹는 아이들 얼굴이 언뜻언뜻 비쳤다.

"뜨거워 뜨거워, 매워 매워."

후후 불며 먹었다. 배부르게 먹었다. 두찬이랑 찬식이는 먹고 먹고 또 먹고는 불룩한 배를 쓰다듬으며 펭귄처럼 뒤뚱거렸다.

접시 대신 썼던 떡갈나무 잎은 거름이 되도록 나무 밑동에 놓았고, 가져온 물건들은 챙기고, 머물렀던 자리는 흔적 없이 치웠다.

어둠 속에서 오히려 한 사람 한 사람의 숨소리와 눈빛, 표정이 또렷하게 드러났다. 하늘에는 빈틈없이 별이 찼고, 개울물은 쉴 새 없이 지껄이고, 풀숲에는 반딧불이 반짝반짝, 아이들은 저마다 살이 있다.

그날 두찬이와 내가 소나무 숲에서 불장난하는 바람에 다른 아이들까지 줄줄이 코가 꿰어 불 피우기 체험하느라 고생했다. 실컷 고생했지만 다들 기분 좋은 얼굴이었다. 두찬이도 마음이

후련할 것 같다. 그날 소나무 숲에서 있었던 일을 솔직하게 털어
놓았으니까.

"그래, 그랬구나."

선생님이 이미 알고 있었다는 듯 아무렇지도 않게 대꾸했다.
하지만 이를 드러내며 하얗게 웃는 모습이 불빛에 어른거렸다.

"아이고, 우리 장호 아니었으면 불도 못 피우고, 나 오늘 큰일
날 뻔했다야."

선생님이 내 뒤로 다가와 어깨를 살며시 누르며 말했다. 오히
려 내가 고마웠다. 소나무 숲에 불냈을 때 선생님이 했던 말, 너
같은 인재를 다른 데로 전학 보내는 건 학교와 나에게 너무나 큰
손해야, 하던 말이 한순간도 내 귓가를 떠난 적 없으니까. 내가
누군가에게 손해만 끼치는 사람이 아닌 게 분명했다. 선생님이
나를 믿어 준 것처럼 나도 선생님을 믿어 줘야지, 마음먹었다.

"후아, 후련하다!"

다 털어놓고 나니 날아갈 것 같다며 두찬이가 두 손으로 자기
머리를 내리눌렀다. 그동안 자기를 누르던 무게가 사라져서 몸이
공중으로 붕붕 뜨는 중이란다. 내가 "나도 도와줄게" 하며 손 내
밀어 두찬이 머리를 눌러 주었다. 두찬이가 작은 소리로 말했다.

"장호, 고마워. 난 네가 참 좋아."

서운했던 마음이 조금 풀리기는 했지만, 영 믿음이 안 갔다. 우

리 사이는 우리 집 부엌 시렁 위에 놓인 하얀 사기그릇과 같다. 언제 팽개쳐져서 조각날지 모른다. 겉으로 아무 일 없었던 것처럼 지낼 수 있지만, 마음 한구석에는 불씨가 남은 것 같다. 그건 어쩔 수 없다.

가을 산

. . . .

달력 앞에 서서 9월 4일 오늘 날짜에 가위표를 하려다가 내가
왜 이러지, 하며 웃음이 났다. 끝나는 날짜 따위는 세지 말아야지
했는데, 어느새 버릇되어서 그만.

오늘 하루가 세상에 없었던 날처럼 후루루 사라지는 건 싫다.
학교 가서 수빈이한테 들려줄 이야기가 있다. 그리고 지후랑 한
서랑 다른 아이들 만나서 할 일이 있다. 학교 끝나면 털복이랑 두
찬이랑 같이 산밤나무 그루터기 옆길로 올라 담비 흔적을 추적
하기로 했다.

9월 4일 숫자에 가위표 대신 동그라미를 한 번, 또 한 번 쳐 놓
고 한참 서서 들여다보았다. 오늘은 좋은 날, 좋은 일이 많을 거
야, 주문처럼 중얼거리며 검은 가방 메고 밖으로 나갔다.

호박 잎사귀 끝에 잠자리 두 마리, 서로 꼭 껴안고 있다.

'서로 사랑하는구나. 평화로운 가을 풍경이구나.'

다가가서 가만히 지켜보았다. 평화가 아니라 전쟁이었다. 큰 놈이 작은 놈 대가리를 부둥켜안고 아작아작 씹고 있었다. 으아, 잔인하다. 원래 야생의 세계는 먹고 먹히는 관계니까 나는 간섭하지 않기로 하고 물러났다. 깜빡 속을 뻔했네. 가까이서 살피지 않으면 속을 수밖에. 내가 인천 큰고모 집에 살 때도 멀리 있는 친척들은 알지도 못하면서 "편하지? 지낼 만하지?" 이렇게 말도 안 되는 소릴 지껄이고는 했으니까.

"나쁜 놈!"

"용서 못 해!"

학교 교문 들어서는데 우리 반 텃밭 쪽이 떠들썩하다. 가까이 가서 보니 고구마밭이 아주 난장판이다. 헤집고 끊고 씹어 놓고. 아이들이 당장 경찰서에 신고하겠다며 방방 뜬다. 남의 고구마 농사 망친 범인 잡아야 한다며.

"잠깐만!"

내가 바닥에 쭈그려 앉아 살폈다. 두 갈래 발굽 자국이 밭 여기저기 어지럽게 찍혔다.

"이건 사람 짓이 아닌 것 같은데?"

내 말에 한서가 눈 동그랗게 떴다.

"그럼 뭐가 그랬는데? 좀비?"

"멧돼지."

"으아, 이 나쁜 놈!"

두찬이가 펄펄 뛰었다. 눈이가 맞장구쳤다.

"산에도 먹을 게 널렸는데. 칡도 있고, 도토리도 있고, 산밤도 있고. 왜 이 먼 곳까지 찾아와서 남의 농사를 망쳐?"

나도 속상하다. 봄부터 지금까지 고생 고생해 가꾼 고구마인데. 구워도 먹고 맛탕 요리도 해 먹으려고 했는데 이 무슨 날벼락인지. 두찬이는 더 속상할 것 같다. 아침마다 거울 들여다보듯 밭을 살피며 "잘 큰다, 돈 많이 벌어야지. 돈 벌어서 람보르기니도 사고 멕시코 여행도 가고…." 노래를 불렀는데, 모든 게 끝장나고 말았으니.

"멧돼지! 멧돼지! 멧돼지!"

두찬이가 빈 쭉정이 같은 흙을 움켜쥐며 미친 사람처럼 소리질렀다.

"아이씨, 이 나쁜 000."

한서 입에서 욕이 나오자마자 지후가 손가락 쭉 내밀어 "너, 40번!" 소리쳤다. 한서가 총 맞은 멧돼지처럼 "꽥" 하며 자빠졌다.

"멧돼지 죽여!"

"고구마 대신 멧돼지 굽자."

아이들이 아무렇게나 떠들었다.

"우리 힘으로는 멧돼지를…."

내가 어림없는 소리 말라고 하려는데 두찬이가 주먹 번쩍 치켜들며 소리쳤다.

"가자!"

눈이랑 아이들이 두찬이 따라 주먹 치켜들었다.

"가즈아!"

다들 제정신이 아니다. 누군가 불씨 하나 던지면 눈 깜짝할 사이에 둘레가 온통 뜨겁게 불타는 것 같다. 모두가 분위기에 휩쓸려 정신을 못 차리는 것 같다. 나도 어쩔 수 없이 주먹을 들고 말았다.

"빵, 쏘면 돼."

두찬이가 손가락을 총처럼 겨누며 소리치자 지후가 핀잔했다.

"그걸 누가 몰라? 우리가 총을 구할 수 없다는 게 문제지."

"총 대신 활! 이렇게 픽!"

두찬이가 손가락을 활시위처럼 당기며 소리치자 수빈이가 갸웃거렸다.

"우리가 원시인이야?"

"원시인, 좋다. 이제부터 우리는 원시인 사냥꾼들이다."

두찬이가 주먹 불끈 쥐어 보이자 한서가 머뭇거렸다.

"멧돼지 무섭다던데. 활에 맞는다고 죽을까?"

두찬이가 버럭 성냈다.

"왜? 쫄았어? 쫄보? 아니면 멧돼지 편?"

내가 한서 편을 들어 주었다.

"뱀 이빨도 멧돼지 가죽을 못 뚫어. 오히려 멧돼지가 뱀을 으적으적 씹어. 멧돼지 성질 잘못 건드리면 큰일 나."

두찬이가 이빨 딱딱 부딪히며 말했다.

"뱀 이빨보다 센 활을 만들면 되지."

멧돼지란 놈이 그렇게 만만하지 않다. 나는 할아버지랑 산에 약초 캐러 다니면서 먼발치로 두 번 본 적 있다. 바위처럼 단단하고 크고 엄청나게 빠르다.

다들 목숨이라도 걸 것처럼 펄펄 뛰지만, 가까이 닥치면 안다. 얼마나 겁나고 떨리는지. 그러나 지금 가슴속에서 활활 타오르는 불은 아무도 못 끈다. 물 한 바가지 들이켜도 안 되고, 소화제 삼켜도 소용없다. 저절로 사그라질 때까지 지켜보는 수밖에.

물푸레나무로 활을 맸다. 물푸레 활은 지난번 개울에서 불 피울 때 썼던 닥나무 활보다 훨씬 강하다. 화살은 꼿꼿한 싸리나무를 세 뼘 길이만큼 자른 뒤에 뾰족하게 깎았다.

산 밑 고사리밭에 가서 활쏘기 연습을 했다.

"가장 잘 쏘는 사람이 대장 하자. 아니, 추장."

당연하다는 듯 두찬이가 맨 앞에 섰다.

"쏜다!"

첫 번째 시위를 당겼다. 두찬이가 날린 화살은 과녁으로 삼은 산벚나무 중간도 못 미쳐 떨어졌다.

"실패!"

눈이가 쏘고 지후가 쐈다. 쏘는 대로 풀썩풀썩 맥없이 떨어졌다.

내 차례가 왔다. 화살을 시위에 걸고 가슴께로 내려 당길 때 손이 부들부들 떨렸다. 내 화살도 풀썩 곤두박질쳤다.

"실패!"

뒤로 갈수록 요령이 생겼다. 비스듬히 하늘로 올려 쏘니 훨씬 멀리 날았다. 하지만 여전히 빗나갔다. 과녁을 맞히는 화살이 없었다. 허공을 휘휘 날아가는 무당벌레처럼 아무렇게나 휘며 날아갔기 때문이다.

내가 꿩 깃털을 주워 화살 뒤꽁무니에 달았다. 눈 감고 서서 마음속으로 화살이 날아가는 궤적을 그려 보았다. 머리 위에서 시위를 당겨 가슴께로 내리며 숨을 멈췄다. 과녁의 가로세로 선을 한 점으로 모으고, 점이 점점 커지는 순간 시위를 놓았다.

"명중!"

아이들이 와아, 부러워했다.

하루 뒤, 아이들 화살 뒤꽁무니가 달라졌다. 수탉 깃털이나 까마귀 깃털을 달았다. 종이 깃을 붙인 아이도 있다.

점점 실력이 늘었다.

"난 이제 나무 잎사귀에 앉은 파리도 맞힐 수 있어."

"난 파리 다리에 붙은 먼지도 맞혀."

"난 먼지에 붙은 바이러스도…."

자신감이 넘쳤다. 당장 떠나자, 가자, 떠들고 있는데 한서가 찬물을 끼얹었다.

"맞는다고 단박에 죽을까, 괜히 성질 건드려서 우리가 당하는 것 아닐까? 뱀처럼."

유안이가 덩달아 움츠렸다.

"그래, 단박에 못 죽이면 막바로 코앞까지 닥쳐올 텐데."

"가까이 오면 찔러. 푹, 이렇게."

두찬이가 찌르는 흉내 내며 창을 만들자고 했다.

"아니, 멧돼지가 다가오면 바위 뒤나 나무 위로…."

먼저 피하고 봐야 한다는 내 말을 막고, 두찬이가 주먹 번쩍 치켜들었다.

"싸우자."

아이들도 한꺼번에 주먹 치켜들었다.

"싸우자."

나도 어쩔 수 없이 주먹을 들어 올렸다.

물푸레나무를 어깨높이로 잘라 다듬었다. 끝을 뾰족하게 깎고, 손잡이에 자기만의 무늬 장식을 새겼다. 두찬이는 총, 찬식이는 수박, 나는 세 발 까마귀를 새겼다. 물푸레 창을 손에 쥐고 있으니 든든했다. 활보다 더 믿음이 갔다.

"덤벼라 덤벼라, 호랑이도 덤벼라."

"지글지글, 칙칙, 우리가 먹어 주마, 칙칙."

노래하듯 떠들었다. 한서가 걱정했다.

"창과 방패! 창이 있으면 방패도 있어야 하는 것 아닐까?"

찬식이가 말을 받았다.

"우산 어뚱나?"

한서가 고개 갸웃했다.

"그게 소용이 있을까? 들이받는 힘이 1톤인데, 어금니에 받히면 호랑이도 죽는다는데."

"앙이여, 멧돼지는 시력이 안 좋아서 우산 보면 몸땡이를 틀어 버린대. 크다면 바우인 줄 알고."

"정말 효과가 있을까?"

실습해 보았다. 찬식이가 엎드리더니 꽤애액 소리치며 멧돼지로 변했다. 땅에 네 발 디딘 멧돼지가 달려들 때 한서가 우산을 쫙 펼치니까 찬식 멧돼지가 깜짝 놀라며 물러섰다. 효과가 있는 게 분명했다. 우산을 챙기기로 했다.

"멧돼지는 빨간색을 보면 함부로 못 덤빈대. 그게 불로 보이나 봐."

수빈이가 하자는 대로 우산 끝에 빨간 천 조각을 매달았다. 빨 간색을 본 찬식이가 콧김 훙훙 황소로 변해서 뒷발 긁으며 달려 들 때 눈이가 "그만! 재미없어" 하며 말렸다. 찬식이가 "움머" 하 며 엎드려 풀 뜯어 먹는 시늉을 하다가 일어섰다.

유안이가 "활과 창과 방패, 이제는 완벽한 것 같은데?" 하니까 한서가 고개 저었다.

"그래도 뭔가가 허전해…."

두찬이가 새로운 걸 생각해 냈다.

"사냥개! 멧돼지를 추적하자면 사냥개가 있어야지."

"그런데 사냥개를 어디서 구해?"

"멍순이 어때?"

눈이가 반대했다.

"멍순이는 발에 흙 묻히는 거 싫어하잖아."

두찬이가 다른 개를 추천했다.

"그럼 털복이는?"

내가 반대했다.

"털복이는 사냥 안 해. 아무나 다 좋아하잖아."

두찬이는 포기하지 않았다.

"그래도 냄새 맡는 건 사람보다 나아. 영리한 개야."

"우리 털복이가 영리하기는 하지."

칭찬은 털복이가 받았는데 내가 기분 좋았다. 물어보고 결정하기로 했다. 내가 털복이 머리를 쓰다듬으며 물었다.

"털복아, 멧돼지 사냥 같이 갈까?"

"앙" 한 번 짖고 꼬리를 살랑살랑 흔들었다. 두찬이가 저쪽으로 돌멩이를 집어 던졌다.

"쫓아!"

털복이가 돌멩이 떨어진 곳으로 냅다 달렸다.

"좋아, 합격!"

털복이도 우리 멧돼지 사냥단에 들어왔다.

할아버지에게 사냥 이야기를 꺼냈다. 껄껄 웃기만 했다. 장난말인 줄 아시나 보다.

"정말이에요. 활이랑 창이랑 다 준비했어요. 방패도."

할아버지가 내 눈을 가만히 들여다보더니 고개 저었다.

"눈이 와야 흔적이래두 찾지. 맨땅에서 어떻게 발자국을 찾녀. 찾아도 소용없어. 네발 달린 짐승을 두 발 짐승이 어떻게 쫓아간?"

젊었을 때 멧돼지 사냥 다니던 이야기를 꺼냈다.

"눈이 허리께만치 푹 쌓이면 갔어. 창을 시퍼렇게 갈아서."

눈 위를 달릴 때는 눈에 빠지지 않는 신발인 설피를 신었고, 밑으로 내려 몰 때는 스키를 탔다, 직선으로 덤벼드는 놈을 정면에서 겨누고 있다가 마지막 순간에 비켜나면서 창을 꽂았다, 아차 하는 순간에 당할 수도 있었다, 한겨울 눈 속을 헤치고 다니느라 손발이 얼어서 내내 고생했다, 하는 이야기.

열 번도 넘게 들은 이야기라 거의 외울 것 같다. 먹을 것 없던 시절에 어쩔 수 없이 하는 것, 목숨을 걸고 하는 것이 사냥이다. 우리 반 아이들처럼 복수니 어쩌니 하며 들뜬 마음으로 가는 건 진짜 사냥 아닌 것 같다.

"멧돼지가 나 잡아 잡슈, 가만히 있겠대?"

할아버지가 다시 한번 고개 저었다.

"그래도 가야 해요. 아니면 멧돼지와 한편이나 마찬가지라는데…."

"멧돼지와 한편이라…."

긴 한숨을 내쉬었다.

"가야지. 잘못된 길인 줄 알면서도 가야 할 때가 있는 거여."

가라고 하더니 금방 또 말을 바꿨다.

"가면 안 된다이. 맨땅에서 돼지 잡겠다는 기 말이 된? 서울에서 내레왔다데이만 아덜이 도대체 겁이 없는 건지 정신이 없는 건지."

"…."

"가더라도 다치면 안 된다이. 너도, 다른 아도."

할아버지가 영 못마땅한 얼굴로 구시렁거리는 동안 나는 비상 식량을 챙겨 검은색 가방에 넣었다. 활과 방패는 등에 멘 가방 위에 얹고, 물푸레 창은 어깨에 둘러멨다.

털복이와 함께 집 떠나면서 큰 소리로 씩씩하게 인사했다.

"할아버이, 멧돼지 큰 놈으로 잡아 올게요!"

아무 대답 없다. 뒤뜰에 매어 놓은 염소만 메헤헤 대답했다. 댓돌에 비스듬히 놓였던 파란색 장화가 안 보인다. 수돗가 숫돌에 아직 물기가 남아 있는 걸로 봐서 낫 갈아 들고 풀 베러 가셨나 보다.

털복이랑 둘이 마을 회관 옆 늙은 물푸레 서낭나무 아래 서서 기다리니 아이들이 하나둘 모였다. 아이들이 올 때마다 털복이가 꼬리 높이 들고 고개 치켜들고 서너 번씩 짖었다. 자기 자신이 자랑스러울 때 하는 행동이다.

두찬이는 오른쪽 왼쪽 얼굴에 세 가닥 숯검댕 색칠을 했다. 사냥 떠나는 인디언들이 화장하는 방식이란다. 지후는 시위하는 사람처럼 붉은 띠로 이마를 질끈 동여맸고, 배낭 가득 먹을 걸 준비했다는 찬식이는 벌써 끙끙거렸다.

물푸레 서낭나무에서 왼쪽으로 돌아 범바위골 가는 길로 들어섰다. 오르막길 올라 언덕 위에서 내려다보니 마을 집들이 멀리 조그맣게 보였다. 두찬이는 "우린 할 수 있어, 할 수 있다고" 하며 소리소리 지르는데, 내 마음은 불안했다. 벽오동나무 둥치에 늦털매미 여러 마리가 붙어서 쓰으쓰으쓥쓰으 소리소리 질렀다. 닥나무 가지 사이에 자리 잡은 무당거미가 넓게 펼친 다리로 거미줄을 달달달 흔들었다.

두찬이가 "이얍, 이얍" 기합 소리 내며 거미줄에 매달린 무당거미를 후려쳤다. 수빈이 얼굴이 일그러졌다. 나도 얼굴 찌푸렸다.

'일부러 죽였으면 먹어.'

입 밖으로 말이 나올 뻔했다. 비겁한 녀석, 겁쟁이 쫄보 녀석.

벌레 두 마리를 바닥에 놓고 "싸워 봐, 싸워 봐" 하다가 안 싸운다며, 비겁한 것들은 필요 없다며 발로 밟아 버리던 두한이 녀석과 다를 게 뭐냐. 그때 내가 "우리 할아버지가 그러는데 일부러 죽인 거는 먹어야 한대" 했다가 녀석한테 당한 걸 생각하면 아직도 화가 안 풀린다. 갑자기 왁 덤벼들어 할퀴는 바람에 미처 피할 사이도 없었다.

"이얍 이얍….."

기합 소리 들으며 내 목덜미에 난 손톱자국을 만져 보았다. 아픈 건 사라졌지만 흉터는 남았다. 두한이 녀석, 언제쯤 내 마음에서 지워질까. 내 몸이 있는 곳 어디라도, 바다라도, 우주 끝이라도 따라붙을 것인지.

"비겁하게 먼저 등 돌리고 도망치면 절대 안 돼. 그건 배신이
야. 비겁한 것들은 바로, 이얍 이얍⋯. 알겠지?"

두찬이 녀석이 다시 떠벌렸다. 이미 우리끼리 여러 번 했던 말
이라 다 알고 있는데, 같은 소리를 왜 자꾸 되풀이하는지.

"역시 두찬이야. 최고!"

눈이가 엄지손가락 치켜세웠다. 편을 드는 것인지, 등때기를
밀어 구렁텅이로 처넣으려는 것인지, 앞에서는 친절을 베풀다가
뒤에서 속여 먹은 놀이방 누나와 같은 마음인지, 눈이 속마음은
도무지 알 수가 없다.

"자기가 대장질하고 싶으니까 괜히 저래."

지후가 구시렁거렸다.

"아냐, 이런 위험한 일에는 두찬이처럼 앞장서는 사람이 필요
하다니까."

눈이가 감쌌다.

"넌 왜 맨날 두찬이 편이야?"

지후가 꽥 질렀다.

"뭐 눈엔 뭐만 보인다더니 네 눈이 더 이상한 건데?"

눈이가 맞받았다.

"오호, 아주 잘 어울린다!"

"이히, 누가 할 소리를!"

둘이 다투는 소리 으르르 딱딱 찌그락짜그락, 박자가 척척 맞아서 걷는 발걸음이 한결 가벼웠다. 가파른 산비탈 오를 때부터 다투는 소리 대신 숨 몰아쉬는 소리가 크게 들렸다.

가랑잎 더미가 구르며 바람이 달려가는 소리를 냈다. 아이들이 발걸음 옮기며 앓는 소리를 냈다. 휘이잉 덤벼 오는 나뭇가지도 참고, 흙 부스러기가 눈에 들어가도 참고, 다리가 아파도 참으며 나아갔다.

내리막길에서 찬식이가 "음, 흠흠…" 콧구멍 벌렁거리며 가랑잎 더미를 밟아 댔다. 바사삭바삭 마른 가랑잎 바스러지는 소리를 들으니 어릴 때 시장 골목에서 엄마 손잡고 걸어가며 뜯어 먹던 동그란 뻥 과자가 떠올랐다. 한 입 한 입 뜯으며 토끼도 만들고 자동차도 만들었지. 이것 봐, 하며 자랑스러웠고.

"으아악!"

한서가 미끄러져 굴렀다. 거꾸로 널브러진 채 움직임이 없다.

"죽었어?"

걱정하며 다가갔더니 벌떡 일어서서 손에 쥔 가랑잎을 흔든다.

"난 넘어지는 게 특기잖아. 낙엽 조심."

젖은 가랑잎을 잘못 밟고 미끄러졌다고 한다. 발을 삐었는지, 두 손으로 물푸레 창을 짚고 엉덩이 뒤로 쭉 빼고 절룩절룩 걷는다.

창이 지팡이로 바뀌어 버린 건 다른 아이들도 비슷했다. 다들 둘러멨던 물푸레 창을 내려서 지팡이처럼 짚고 걸었다. 찬식이는 방에 누워 휴대폰 게임이나 할 걸 괜히 따라왔다며 투덜거렸다. 앞으로 앞으로, 위로 위로 갔다. 숨 몰아쉬는 소리가 헉헉, 헉헉 끊이지 않았다.

범바위골에 들어섰다. 한낮인데도 어둑어둑했다. 다래 넝쿨이 어지럽게 엉킨 덤불 숲에서 까만 눈알 두 개가 이쪽을 보다가 사라졌다. 털복이가 그쪽을 보고 "앙" 한 번 짖으며 꼬리 흔들었다. 오싹한 느낌이 들어 아이들을 둘러봤지만 아무도 눈치채지 못했다. 수상한 낌새챈 사람은 나뿐인가 보다.

덤불 숲 너머 마주 보고 서 있는 바위가 범바위다. 할아버지 말로는 범이 올라가 쉬던 자리라 한다. 물가에 앉아 쉴 때 내가 바위 뒤쪽 오목한 곳을 가리켰다.

"저기가 박 서방 터야."

두찬이랑 아이들이 내가 가리키는 곳으로 눈 돌렸다.

"박 서방이 누군데?"

"옆 마을 할아버지."

"옛날에 여기서 살았어?"

"응, 하룻밤 동안…."

우리 할아버지한테 들었던 얘기를 들려주었다.

"박 서방 할아버지가 느타리버섯 따러 왔거든. 여기에 나무 넘어간 게 있어서 들여다보니 속이 비었는데 그 속으로 뭐가 넙죽넙죽한 게 쪽 붙었더래. 이야, 느타리가 엄청나게 났구나 하고는 통나무 속으로 머리 들이밀고 손 뻗어 따려다가 그만 쭐쩍 미끄러졌대. 그대로 머리부터 내리박혔어. 거꾸로."

한서가 "우리 교장 선생님도 박씨인데? 느타리 팔아서 구두 샀나?" 하며 고개를 갸웃했다. 두찬이가 놀려 댔다.

"야, 너도 아까 박 서방 될 뻔했잖아."

한서가 "난 박씨 아니야. 구두도 필요 없는데? …아, 그래서 박 서방은?" 하며 다시 내 쪽을 바라보았다.

"응, 뒤로 나가려고 엄지발가락에 힘을 주고 움찔움찔 올라가다가는 미끄러지고 올라가다 또 미끄러지고. 그러다가 발가락 힘이 다 빠져서 꼼짝 못 하고 숨만 쉬고 있었대."

"그래서 죽었지?"

두찬이가 침 꿀꺽 삼키며 물었다.

"아니, 죽지는 않았어. 얼마나 시간이 지났는지, 별이 뜨기 시작했대. 거꾸로 섰으니 하늘만 보였겠지."

"각꿀로 냉게 배케서 오래 있으면 피가 쏠래서 못 살 건데. 목말라도 죽고."

찬식이가 걱정했다.

"목이 마르면 오줌을 눴대. 그러면 저절로 오줌물이 입에 들어 갔대."

눈이가 "웩" 하며 입을 가렸다.

"오줌을 눠도 조준이 잘… 아얏!"

두찬이가 또 무슨 말 하려고 하자 수빈이가 옆구리를 쿡 찔러 끼어들지 못하게 했다.

"마을에선 난리가 났대. 그 아들이 우리 아버지가 아직 안 오 셨다고 울고불고. 밤중에 마을 사람들이 횃불 들고 찾으러 나섰 는데 아무리 헤매도 못 찾았대. 박 서방, 박 서방 불러도 대답 없 고. 날이 밝을 때쯤 아들이 바로 여기 이 자리에 주저앉아서 아이 고 아버지, 하고 우는데 무슨 소리가 들렸대. 둘러봐도 사람은 없 고. 옆에 자빠져 있는 나무통을 발로 차니까 속에서 '아야' 하더 래. 들여다보니 발바닥 두 개가 있었어. 아이고 우리 아버지 여 기 있다고. 그래서 톱 가져와서 잘랐대."

"잘못 자르면 나무통 속에 박힌 사람이 다치지 않을까?"

지후가 걱정했다.

"그래서 발바닥부터 한 뼘 두 뼘 재서 키 높이 아래를 잘랐대. 나중에 보니까 속에 있던 게 느타리가 아니라 젖은 가랑잎이었 대. 가랑잎에 홀려서 통나무 속으로 미끄러져 들어간 거야."

가랑잎을 만지작거리며 이야기 듣던 한서가 "그 통나무는 어됐어?" 하고 물었다.

"지금은 썩어서 없어졌겠지. 통나무는 사라져도 이야기는 남는 거야. 영원히….."

수빈이가 말하다 말고 한서 눈을 빠히 들여다보았다.

"너도 좀 전에 젖은 가랑잎에 홀린 거 아니야?"

한서가 손에 든 가랑잎을 뱅뱅 돌리며 노래 불렀다.

"홀려라 홀려라 거꾸로 거꾸로, 멧돼지도 쫄딱 발바닥도 쫄딱 교장 선생님도 쫄딱….."

산죽 우거진 곳을 지나는데 차르르륵 나무이파리 쓸리는 소리와 함께 누런 털 짐승이 뛰쳐나갔다.

"멧돼지다!"

두찬이가 엉덩방아 찧었다. 아이들이 "으아아" 물러났다.

"멧돼지 아니야. 달아나는 엉덩이가 하얗잖아. 저건….."

내 말이 끝나기 전에 두찬이가 활을 꺼냈다. 노루가 표적에서 사라진 지 한참 지났는데도 괜히 활시위를 당겼다. 화살은 바로 눈앞에 폴짝 떨어졌다. 떨어지는 순간 털복이가 달려 나갔다.

"안 돼, 돌아와!"

불러도 소용없다. 친하게 놀자고 쫓는 것이겠지만 노루가 그 마음 알아줄 리 없다. 경중경중 달아난다. 폴짝폴짝 쫓아간다. 짧은 다리로는 어림없다. 털복이가 서너 걸음 만에 가는 거리를 노루는 단번에 뛰었다.

노루 보고 놀란 가슴이라 아이들 걸음은 더욱 느려졌다.

"뱀이다!"

앞서가던 두찬이가 풀썩 주저앉았다. 두찬이가 놀라는 바람에 다 같이 놀랐다.

내가 살살 다가가 살피다가 발로 툭 건드려 보았다. 오래 묵은 칡넝쿨이었다. 칡넝쿨 대가리를 집어 들어 두찬이 앞에서 꿈틀 꿈틀 흔들며 소리쳤다.

"뱀이다! 칡 아나콘다다!"

두찬이가 움찔움찔 물러섰다.

굵은 참나무가 뿌리째 뽑혀 자빠진 저 앞 산길에 구불구불 길쭉한 게 가로질러 있다. 뱀 같다. 가까이 가서 보니 뱀 맞다. 붉은색 몸에 검은색 띠가 줄줄이 있는 능구렁이가 빨간 혀를 날름 내민다. 물푸레 창끝에 얹어서 멀리 던지며 알려 줬다.

"뱀이네, 뭐."

내가 안 놀라니까 아무도 안 놀랐다.

"너는 뱀 안 무서워?"

두찬이가 눈 동그래져서 뱀이 날아간 쪽을 바라봤다.

"응, 나보다는 뱀이 더 놀랐겠지 뭐."

아무렇지도 않은 듯 바닥에 슥슥 물푸레 창끝을 문질렀다.

털복이가 갑자기 앞으로 달려가 쿵쿵거리더니 산 위쪽을 향해 "앙" 하고 한 번 짖었다.

"털복아, 왜 그래?"

찬식이가 털복이처럼 땅바닥에 엎드려 코를 벌름거렸다.

"아르르 앙앙, 이리로 갔어. 냄새가 나."

엎드려서 살피니 나무 부스러기 패인 흔적, 가랑잎 짓눌린 흔적이 곳곳에 있다. 어딘가에 숨어 있다가 갑자기 닥쳐올 것 같았다. 귀 쫑긋 세우고 서서 살폈다. 나뭇가지 부러지는 소리가 난다 싶더니 부딪히는 소리, 쿠당탕 구르는 소리가 한꺼번에 났다.

"피해!"

나랑 아이들이 납작 엎드렸다. 저 앞 비탈로 돌덩이 서너 개가 사납게 굴러 내렸다.

"돌이 왜 굴렀을까?"

의심 많은 눈이가 갸웃거렸다.

"저 위로 뭔가 지나간 것 같은데. 사람은 아닐 테고."

한서가 겁먹은 말투로 대꾸했다.

"쉿, 위에서 멧돼지가 우리를 내려다보는 거야."

두찬이가 이런 말을 하는 까닭은 방금 발굽 자국을 발견했기 때문이다. 개나 살쾡이나 표범은 발가락이지만 멧돼지나 노루는 두 갈래 발굽이다. 발굽으로 쿡쿡 누른 자국이 가파른 산길 따라 쭉 이어졌다.

앞서가는 두찬이 걸음이 머뭇머뭇 늦춰졌다. 자꾸만 산 위쪽을 흘깃거리더니 구멍 뚫린 박달나무 아래에서 아예 멈췄다. 아이들도 멈췄다. 두찬이가 창으로 바닥을 찍으며 말했다.

"이제부터가 중요해. 언제 어디서 덮칠지 모르니까. 나는 뒤를 맡을게. 방어하려면 뒤가 중요하니까."

아무도 앞으로 나서겠다는 아이가 없다.

"끙차, 앞이나 뒤나, 난 더 못 간다이. 패 죽여두 못 가."

찬식이가 다리 한쪽을 두 손으로 들어 옮기며 비틀거렸다. 바위 밀고 언덕 올라가던 것보다 지금이 더 힘들다고 했다. 겉보기에는 멧돼지도 한 방에 보낼 것 같은 덩치인데, 어째 저리도 허약한지. 소 한 마리쯤 번쩍 든다는 자기 엄마를 닮았으면 힘 좀 쓸 것 같은데.

"그럼 나도 못 가. 너무 지쳤어."

유안이가 찬식이 편을 들었다.

"그래, 아무래도 우리가…."

내가 찬식이랑 유안이 말에 맞장구를 치려는 참에 두찬이가 버럭 소리쳤다.

"안 돼!"

"…."

"의리! 사람은 의리. 우리가 한번 같이 하기로 마음먹었으면 끝까지 함께 가는 게 의리야. 의리가 없으면 동물이나 마찬가지야."

내 입에서 욕이 튀어나올 뻔했다. 눈이가 입술 비죽거리며 "오, 감동!" 했다. 지후가 "감동은 무슨 놈의 감동" 하며 투덜거렸다.

"장호, 너는 어떻게 하면 좋겠어?"

한서가 나를 돌아보며 물었다. 내가 찬식이를 바라보며 말했다.

"찬식이가 힘들어하니까 나는 그만 돌아갔으면 좋겠어. 그런데 더 가자는 말도 무시할 수는 없고. 어쨌든 지금 우리가 쪼개지면 모두 위험해."

더 가자, 그만 돌아가자, 아이들이 반반으로 나뉘어 웅성웅성 떠들었다. 내가 다시 말을 이었다.

"이건 찬식이가 결정하면 좋겠어. 찬식이가 못 간다면 못 가. 우리 힘으로는 무거운 찬식이를 업고 갈 수 없고, 그렇다고 찬식이만 혼자 여기 두고 갈 수도 없으니까."

찬식이가 늘어졌던 몸을 똑바로 세우며 "까짓것 장호가 가자고 하면 더 가지 뭐" 했다. 역시 자존심은 강하다. 한서가 등 떼밀어 나를 앞에 내보냈다.

"장호, 작전을 말해 줘."

작전? 작전이란 건 생각해 본 적 없는데, 갑자기 어떻게.

"나는 모르는데."

"네가 할아버지랑 산에 자주 와 봤잖아. 그러니까 멧돼지에 대해 잘 알 거 아니야."

한 손에 창, 한 손에 방패 든 아이들이 똑바로 서서 내 눈을 바라보았다. 털복이도, 나뭇가지에 앉은 작은 새 한 마리도 내 쪽으로 고개 돌렸다. 수많은 눈이 한꺼번에 쏠렸다. 뭐라고 말해야하나. 머릿속이 어질어질, 다리에 힘이 풀렸다. 소리 조각이 사방에서 몰려와 구름처럼 머리 위에서 뭉쳤다. 내 앞을 가리며 서있는 생강나무 줄기를 붙잡고 한참 동안 엉거주춤 있었다. 아이들이 재촉했다.

"말해."

"말해 봐."

어깨가 움츠러들었다. 나도 모르게 손에 쥐고 있던 생강나무 가지 끝을 끊어서 질겅질겅 씹었다.

아이들이 한꺼번에 쿵쿵 땅을 울리기 시작했다. 물푸레 창을 올렸다 내렸다 바닥 찍으며 박자 맞추어 소리쳤다.

"장호!"

"장호!"

"장호!"

골짜기 가득 소리가 번졌다. 입안에 생강 향기가 번졌다. 점점 기운이 차올랐다. 내 속에 웅크린 내가 내 손을 꼭 잡고 밖으로

끌어냈다. 씹던 생강나무 가지를 뱉어 내고, 생각나는 대로 떠벌렸다.

"그게 그러니까 멧돼지는 곧장 앞으로 직진만 하니까 달려들면 잽싸게 굵은 나무나 바위 뒤로 비켜."

두찬이가 "비겁하게 도망치라고?" 하며 콧방귀 뀌었다.

"멧돼지가 멈칫하는 순간, 그때가 기회야."

"…."

"급소는 귀밑. 거기를 찔러야 해. 대가리는 단단해서 창이 닿으면 그대로 튕겨 나와."

말하다 말고 갑자기 마음이 어두워졌다. 우리는 지금 뭔가 알수 없는 기운에 단단히 홀린 것 아닐까. 꺽지가 미끼에 홀리듯, 박 서방이 젖은 가랑잎에 홀리듯, 하지만 어쩔 수 없다. 그래, 가자. 가 보자.

멧돼지

. . . .

가파른 산등성이 오르며 추적했다. 곳곳에 보이는 짓눌린 흔적, 바닥을 긁은 흔적. 소나무 둥치에 붙은 마른 흙과 털은 멧돼지가 흙 목욕을 하고 나서 비벼 댄 흔적이다. 드문드문 이어지던 흔적이 굵은 갈참나무 밑동을 지나면서 사라졌다. 두찬이가 갈참나무 가지를 한참 올려다보며 "멧돼지가 저긴 못 올라갈 거야" 중얼거렸다. 나무를 중심으로 사방 흩어져서 흔적을 찾았다.

"여기!"

지후가 찾은 건 비탈 아래쪽으로 향하는 새로운 흔적들이다. 큰 발굽 작은 발굽 자국이 한 줄로 나란히, 아래로 아래로 내려갔다. 우리도 아래로 아래로 따라갔다.

벼락 맞아 둘로 쪼개진 검은 바위틈을 겨우겨우 빠져나가는데 수상한 소리가 들려왔다.

"툭 두둑 투둑 툭…."

머리털이 버쩍 섰다. 두 귀가 버쩍 섰다.

"쉿!"

내가 손가락을 세웠다. 모두 엎드렸다. 몸 낮춰서 살금살금 다가갔다.

"투둑 툭툭 투둑…."

빛과 그늘이 조각조각 흩어진 숲에서 퍼런 잎을 매단 채 빙글빙글 떨어지고 있는 것.

"와, 비다! 도토리 비!"

수빈이가 두 손 벌려 떨어지는 도토리를 받았다. 떨어진 도토리마다 구멍이 있다. 도토리거위벌레 짓이다. 덜 익은 도토리 뚜껑에 구멍을 내고 알을 깐 뒤 가지 끝을 날카로운 주둥이로 잘라 땅바닥에 떨군다.

거위벌레가 가위질해 놓은 아래 비탈 쪽으로 버섯이 돋았다. 한 줄로 쪽, 커다란 동그라미 그리듯 돋았다.

"저게 느타리야?"

한서가 물었다. 느타리 아니다. 할아버지랑 버섯 따러 다녀 봐서 잘 안다.

"저건 밤버섯, 밤 색깔하고 똑같잖아. 먹는 버섯이야."

아이들과 밤버섯 따서 가방에 넣었다.

"와, 이건 왕 버섯이다."

찬식이가 얼굴만큼 커다란 버섯을 따서 자기 얼굴에 댔다.

"그것도 먹는 버섯이야. 갓버섯."

찬식이가 갓처럼 머리에 쓰고는 에헴, 뒷짐 지고 걸었다.

조금씩 조금씩 천천히 천천히 나아갔다.

"여기 조심! 가시나무!"

"조심! 미끄러워."

앞에서 내가 말하면 뒤따르던 아이가 "조심!" 하고 전달했다.

"조심, 조심, 조심….."

눈 크게 뜨고 비탈을 내려가면서도 앞이 캄캄했다. 멧돼지는 산을 운동장 뛰듯 펄펄 뛰는 동물인데, 우리는 벌레 기듯 설설 기는 동물이다. 잡기는커녕 잡힐 수도 있다. 우리가 멧돼지를 못 만난 게 오히려 행운 아닐까.

무릎까지 빠지는 낙엽 더미 헤치고 덤불 나무 밑을 기어서 앞으로 앞으로 나아갔다. 쓰러진 나무 넘고 이끼 낀 바위 사이 지나 아래로 아래로 내려갔다. 내려갈수록 진흙 구렁텅 냄새가 진해졌다. 내려갈수록 물 좋아하는 나무들이 우거졌다. 버릇처럼 눈에 띄는 대로 중얼거렸다.

"물푸레, 물박달, 왕버들, 가래나무, 다래나무….."

버들잎 하나가 거미줄 한 가닥에 매달려 고불랑 어지럽게 돈다. 끊어질락 말락 아슬하게 돈다. 나무들은 말이 없다. 저들끼리 주고받는 말이 따로 있겠지만 사람 귀에 닿지 않는 소리겠지. 아니, 내 귀에는 들리는 것 같다.

"위스스시시시…. 돌아가, 돌아가야 해."

들리지 않는 소리에 귀 기울이는데 갑자기 진짜 소리가 들렸다.

"붐밤붐밤붐밤붐밤밤…."

버드나무 우거진 둔덕 너머에서 들려오는 소리다. 마을 할머니 할아버지들이 타는 관광버스에서 틀어 대는 음악 같다. 산에 버스가 올 리 없고, 마을에서 울리는 소리가 이 깊은 산까지 메아리로 오는 것인지.

"쉿!"

내가 오른팔 높이 치켜든 뒤 손가락을 세웠다. 모두 엎드렸다.

"앞으로."

손바닥을 곧게 펴서 앞으로 접었다. 모두 살금살금 기어서 소리 쪽으로 다가갔다.

"낮춰."

손바닥을 밑으로 가라앉혔다. 모두 몸 낮추어 기었다. 할아버지 말대로 이럴 때는 아기 때 배운 배밀이 기술이 쓸모가 있는 것 같았다.

"멈춰."

내가 주먹을 쥐자 모두 그 자리에 멈췄다. 앞을 가리는 풀 줄기와 칡넝쿨 사이로 얼핏 비치는 거무스름한 몸.

"멧돼지다!"

"쉿!"

진흙 구렁에서 철벅거리는 놈들, 엄청나다.

'하나 둘 셋… 여섯 일곱….'

거뭇한 털에 덩치 큰 놈은 어미, 줄무늬 있는 것들은 새끼다. 새끼 거느린 어미는 호랑이도 함부로 안 한다고, 절대 건들면 안 된다고 할아버지한테 들었다. 잡는 게 문제가 아니다. 지금은 살아남는 게 먼저다.

"뒤로."

손바닥을 머리 뒤로 저었다. 도마뱀이 뒷걸음치듯 물러나다가 검은 바위 뒤쪽에 납작 엎드려 숨었다.

"우와!"

"저건 절대 못 이겨!"

털복이 숨소리가 점점 커졌다. 수빈이가 머리통을 쓰다듬으며 달랬다.

"앉아."

용감한 두찬이가 활을 꺼내 들었다. 눈이랑 내가 양쪽에서 팔을 잡으며 진정시켰다.

"기다려."

다 같이 작전을 짰다. 한쪽 눈은 멧돼지를 살피고, 다른 쪽 눈은 서로를 마주 보며 속닥속닥 목소리 낮추었다.

"저런 덩치는 화살에 맞아 봤자야."

"모기나 뱀이 깨무는 줄 알 거야."

"화나게 하면 우리가 위험해져."

용감한 두찬이는 고집을 꺾지 않았다.

"죽든 살든 끝장을 봐야지. 우리가 한꺼번에 왁 덤비면?."

"…."

"새끼는 죽일 수 있을 것 같은데?"

수빈이랑 눈이도 고집을 꺾지 않았다.

"새끼는 안 돼."

"어미는 더 안 돼."

죽이자, 안 된다, 도망치자, 지켜보자, 우리끼리 다투는 동안에 멧돼지 무리가 느릿느릿 맞은편 산비탈을 오르기 시작했다. 낌새챘나 보다. 서두르는 기색 없이 어미가 앞서고, 새끼가 줄줄이 뒤따른다. 서로서로 챙겨서 함께 가는 걸 보니 멧돼지 의리도 사람이나 다를 게 없는 것 같다.

진흙 목욕하며 놀던 곳곳에 진흙 구덩이를 남겨 두고 멧돼지

들은 떠나 버렸다. 차라리 다행이다, 마음을 놓는 순간, 갑자기 두찬이가 일어서서 시위를 당겼다. 화살은 절반도 못 미쳐 풀썩 떨어졌다. 화살이 바닥에 떨어지는 순간, 갑자기 털복이가 달려 나갔다.

"안 돼!"

내가 붙잡으려고 뛰쳐나가다가 발을 헛디뎌 엎어졌다. 깨진 무릎에서 피가 났다. 고개 들어 보니 털복이는 이미 저만큼 멀어졌다.

"돌아와!"

"위험해!"

불러도 소용없다. 죽어라 달려간다. 화살 떨어진 곳 지나 물구렁 건너 산비탈을 올랐다. 20미터, 10미터, 5미터, 점점 가까이 간다. 앞에 가던 어미가 걸음을 늦췄다. 새끼들이 앞쪽으로 간다. 어미가 홱 돌아섰다. 다가가던 털복이가 움찔 멈췄다.

"꾸웨엑!"

어미 멧돼지가 덤벼든다. 대가리 낮추며 박치기하듯 돌진한다.

"도망쳐!"

털복이가 급하게 방향 틀어 되돌아온다. 어미 돼지가 와락 뒤쫓는다.

"빨리! 더 빨리!"

비탈 내리막으로 냅다 도망쳐 오는 털복이 뒤를 어미 돼지가 바짝 따라붙었다.

"꾸웨엑!"

털복이가 사라졌다. 어미 돼지는 멈추지 않았다. 곧장 내달렸다. 곧장 닥쳐왔다. 땅이 쿵쿵 울리는 듯했다.

"방패!"

다 같이 우산을 폈다. 편 우산을 바짝 붙였다. 파랑 빨강 하양 노랑 검정 벽이 생겼다. 비탈 아래 물구렁텅이까지 왔다. 물구렁텅이를 넘어섰다.

"창!"

벽 바깥으로 물푸레 창을 내밀어 겨누었다. 고슴도치처럼 뾰족뾰족 방어망이 생겼다. 점점 다가왔다. 점점 가까워졌다.

"정신!"

눈 크게 뜨고 정신을 바짝 차렸다. 땅이 쿵쿵 울리는 소리, 가쁘게 몰아쉬는 숨소리, 공기 갈라지는 소리가 다가왔다. 우리 쪽으로 오는 순간순간이 찰칵찰칵 사진처럼 느리게 지나갔다. 한 장 한 장 또렷하게 보였다. 파랑 빨강 하양 노랑 검정 방어벽마다 붉은 천 조각 깃발이 흩날렸다. 서로 맞댄 어깨가 떨렸다. 가슴이 떨렸다. 창과 방패 움켜쥔 손이 떨렸다.

이대로 당할 수는 없다. 쇠못 박은 화살 두 개 꺼내서 손에 쥐

고 일어섰다. 벽 바깥으로 나가서 우뚝 버티고 섰다. 꿩 꽁지 화
살 깃을 한번 매만진 뒤 시위에 걸고 머리 위로 높이 들어 올렸다
가 가슴께로 내려 겨눴다. 화살이 날아가 닿는 거리 안에 가로세
로 보이지 않는 선을 그어 놓고 어서 오라 오라, 주문 외웠다. 선
과 선이 만나는 한복판에 표적이 들어오는 순간 쏠 생각이었다.
팔이 덜덜 떨렸다. 숨을 참고 기다렸다.

'5, 4, 3, 2….'

바로 그때 앞쪽 산비탈 어디선가 고함치는 소리가 요란했다.

"우워워어어….."

미친 짐승이 울부짖는 것 같았다. 우당탕 돌 구르는 소리도 들
렸다.

멧돼지가 멈췄다. 괴상한 소리에 놀랐는지, 비탈 위쪽에서 기
다리는 새끼들 때문인지 알 수 없지만 더는 못 오는 것 같았다.

몸 돌려 돌아간다. 물구렁텅이 지나 비탈을 오르기 시작했다.
점점 멀어졌다. 나무에 가려 더 이상 안 보일 때까지 내내 눈 못
떼고 지켜보았다.

"흐아, 살았다야!"

찬식이가 참았던 숨을 한꺼번에 내쉬었다. 아이들이 창 내리고
방패 접었다. 벽이 사라졌다. 나도 활을 거뒀다. 날리지 않아서
다행이구나, 생각했다. 만약 날렸으면 둘 중 하나는 죽었을지도

모른다. 어미가 죽든 내가 죽든. 어쩌면 둘 다 죽었을 수도 있고.

"털복이가 안 보여!"

수빈이가 소리쳤다.

"물려 죽은 것 아닐까? 오, 불쌍해."

성격 급한 지후가 걱정했다. 재수 없는 말 말라며 눈이가 핀잔 주었다. 내 생각에는 털복이가 친하게 지내자고 다가간 것 같은 데, 어미 돼지가 오해한 것 같다. 지켜야 할 게 있으면 사나워진 다는 할아버지 말이 맞았다.

아이들이 두 손 입에 모아 불렀다.

"털복아!"

"털복아!"

다래 덤불 뒤쪽에서 헐떡거리는 소리가 났다. 헛바닥 길게 빼 문 채 뒷다리 사이에 꼬랑지를 끼우고 슬금슬금 다가왔다. 다리 떠는 소리 달달달달, 귀에 들리는 듯했다.

"다친 데 없어?"

없다고 한다. 다행이다.

"두찬이는?"

"두찬이가 안 보여!"

되짚어 보니 방금 쌓았던 벽에서 우산 방패 하나가 비었던 것 같다. 가슴이 덜컥 내려앉았다. 두 손 입에 모아 불렀다.

"두찬아!"

"살아 있니?"

멧돼지 발자국은 있는데 두찬이 흔적은 어디에도 안 보였다.

"털복아, 두찬이 못 봤어?"

못 봤다고 한다. 어디로 사라진 걸까.

"멧돼지가 물어 간 것 아닐까? 오, 불쌍해."

지후가 걱정스럽게 말했다.

눈이가 "넌 재수 없는 말 좀 하지 말라니까. 그러다가 정말 나쁜 일이 벌어지면 책임질 거야?" 핀잔하자 지후가 소리 빽 지르며 신고 있던 신발 한 짝을 내던졌다. 던진 신발을 주우러 가던 지후가 손가락으로 가리켰다.

"어, 저기!"

바위 뒤쪽 왕버들 가지에 나무늘보 한 마리가 매달려 바들바들 떨고 있었다. 숯검댕이 번진 새카만 얼굴에 눈알만 반짝거렸다. 언제 도망쳐서 거기까지 갔는지.

"하여튼 도망치는 데는 귀신이라니까."

"야, 너만 살겠다고 배신하냐?"

"의리는 죽 쒀 먹었어?"

"사람은 위험한 순간에 알아본다니까."

비난이 화살처럼 쏟아졌다. 눈알 두 개만 내놓은 채 고슴도치처럼 웅크렸다. 너무 작아지니까 불쌍했다.

"너무 그러지 마. 아무 일 없었잖아."

내가 두찬이의 보호벽이 되어 주었다. 두찬이가 풀 죽은 목소리로 떠듬거렸다.

"미친 멧돼지가 막 덤벼드니까 나도 모르게 그만…."

말하다 말고 얼른 고개 돌렸다. 눈가에 맺힌 물방울은 나 말고 아무도 못 보았을 듯하다.

왔던 길 되돌아가려는데 위쪽 산비탈에서 마른 나뭇가지 부러지는 소리가 들렸다. 무거운 동물이 밟고 지나가는 것 같았다.

"으악, 멧돼지다!"

두찬이가 뒤로 자빠졌다. 털복이가 비탈을 쳐다보며 "앙" 한 번 짖더니 꼬리 흔들었다. 뭔가 수상한데, 생각하며 털복이가 보는 쪽을 살폈다. 멧돼지 아니다. 입은 옷이랑 나무 색깔이랑 비슷해서 어렴풋하지만, 멀리서 봐도 사람인 줄 알겠다. 왈칵 반가운 마음에 나도 모르게 목소리가 커졌다.

"할아버이!"

"…."

"할아버이, 거기서 뭐 하세요?"

한 번 더 부르니까 그제야 나무 뒤에서 모습을 드러냈다. 등에 멘 망태와 함께, 손에 든 나무 장대와 함께.

"엥이? 느이덜 거기 웬일이너?"

"돼지 사냥 나왔어요. 할아버지는요?"

"버섯 좀 났너 댕기민 보느라구."

한서가 손나팔 만들어서 소리쳤다.

"할아버지도 보셨어요?"

"앙이? 난 못 봤다야."

"어? 방금 그쪽으로 갔는데."

아이들이 손짓하며 떠벌렸다.

"와, 엄청나게 커요."

"한쪽 눈알이 이만해요."

"쉑쉑 숨소리가 바람 소리 같아."

"장호가 벽을 뚫고 나갔어."

"아깝다. 조금만 더 가까이 왔으면 잡을 뻔했는데."

"괴상한 소리만 아니었어도."

말없이 듣던 할아버지가 몸 돌렸다.

"마이 잡어. 난 저짝 산등게이로 간다이."

"네, 많이 따세요. 그런데 무슨 버섯….

이미 사라졌다.

아무래도 버섯 따러 온 게 아닌 것 같다. 버섯이 날 만한 숲이
아닌 데다가, 돈이 될 만한 버섯이 나기에는 아직 이르다. 송이버

섯은 우리 밭에 깨꽃이 떨어져 하얗게 바닥에 깔릴 때 나기 시작하는데, 깨꽃은 이제 겨우 꽃 끄트머리만 헤끗헤끗 내밀기 시작하니까. 송이버섯은 소나무 숲에서 나고, 능이나 표고는 참나무 숲에서 나는데, 지금 여기는 물박달나무와 왕버들 숲이니까. 버섯 따려고 온 게 아니라 우리를 지키려고 왔다. 확실하다. 손에 쥔 장대만 봐도 그렇다. 버섯 따는데 그렇게 기다란 작대기가 왜 필요하겠나, 거추장스럽기만 하지.

장대는 사냥용 창 자루일 것 같다. 며칠 전에 내가 멧돼지 사냥 간다고 했을 때 할아버지가 헛간에 가서 뭔가를 꺼내 숫돌에 갈았다. 시퍼렇게 갈던 그게 옛날 젊은 시절 쓰던 창 촉이었을 것 같다. 그 창 촉은 지금 할아버지가 쥐고 있는 장대 끝에 박혀 있을 테고. 할아버지가 장대 끝을 땅바닥에 대고 있어서 안 보였지만.

정말로 멧돼지가 나타나는 순간이 오면 할아버지가 우리 앞을 막아섰을 것이다. 바위처럼 마주 섰다가 번개처럼 비켜나며 창으로 멧돼지 심장을 찔렀겠지. 할아버지가 어디선가 지켜보고 있었다고 생각하니 울타리처럼 마음 든든했다.

"멧돼지야, 잘 있어!"

"산아, 잘 있어!"

짐승들이 낸 좁은 산길 따라 한 줄로 늘어서서 걸었다. 걸을 때마다 무르팍 다친 자리가 따끔거렸다. 바지에 피가 조금씩 배어

나왔다. 둘러보니 산죽 우거진 길 아래쪽으로 검붉은 꽃방망이를 매단 오이풀이 무리 지어 서 있다. 한 움큼 쥐어뜯어 손에 들고 내리막길 걸었다.

"저기, 박 서방 터다!"

한서가 가랑잎 한 개 주워 들며 소리쳤다. 자기는 이제 가랑잎만 보면 거꾸로 뒤집힌 까만 발바닥이 떠오른다고 했다. 범바위 옆 물가에 앉아 쉬는 동안 오이풀 잎과 줄기를 돌멩이로 짓찧었다.

"어디서 오이 냄새가 나는데?"

찬식이가 벌름벌름하며 절룩절룩 다가왔다. 내가 오이풀 잘게 다져서 무르팍 깨진 상처에 바르는 걸 가만히 지켜보더니 "그거이 약이야?" 물었다.

"응, 이게 피를 멈추게 하거든."

그러고 보니 멀쩡한 아이들이 거의 없다. 찬식이랑 한서는 다리를 절고, 수빈이는 손에 가시가 박혔다. 유안이는 바지가 찢어져서 엉덩이가 다 드러났고, 눈이는 헝클어진 머리를 칡넝쿨로 묶었다. 두찬이는 머리가 무릎에 닿을 만큼 풀이 죽었고, 털복이는 귀 접고 꼬리 늘어뜨린 채 두찬이 뒤에 바짝 붙었다.

몰골이 가장 불쌍한 건 지후다. 오른쪽 발을 붕대로 칭칭 감고 작대기에 몸 지탱하며 걸었다. 다친 건 아니고, 홧김에 던진 신발이 벼랑 아래로 떨어져서 주울 수가 없었다고 한다. 맨발바닥으로 걸을 수는 없어서 내가 굴참나무 껍질을 벗겨서 발 모양으로 오린 뒤, 발바닥에 대고 붕대로 감아 주었다.

하나 같이 땟물이 시커멓다. 꼬질꼬질 꾀죄죄 거지꼴 된 아이들이 울퉁불퉁 돌바닥에 앉아 쉬며 주먹밥을 먹었다.

"난 다시는 멧돼지 사냥 안 올 거야."

찬식이가 퀭한 눈으로 입 가득 밥알을 우물거리며 말했다.

"후아아, 나도."

"여기까지 살아서 온 것도 기적이야."

모두 같은 생각이었다. 두찬이는 여전히 용감한 척 떠들어 댔다.

"그럼 다음엔 곰 사냥?"

말 떨어지자마자 지후가 붕대 감은 발을 곰처럼 치켜들고 휘저었다.

"안 와! 다시는 네 말 따위에 홀리지 않을 거야."

버럭 소리치는 바람에 지후 입에 있던 밥알이 튀어서 두찬이 이마에 붙었다.

"네 말은 믿음을 잃었어. 너는 말을 안 하는 게 나아."

눈이가 차갑게 쏘아붙였다. 이제껏 으르딱딱 다투기만 하던 눈이와 지후가 어쩐 일인지 쿵짝쿵짝 박자가 맞았다.

"그 입 다물라!"

"아무 말도 하지 마."

"아까 만난 게 곰이었으면 넌 죽었어."

"곰은 나무를 잘 타니까 네가 나무 위에 올라가 대롱대롱 매달리면 막 좋아할지도 몰라."

"저건 웬 떡이냐, 하면서."

두찬이가 떡 떡, 하며 주먹 쥔 손을 바들바들 떨었다. 자기는 이제 떡이 싫다고 했다. 내가 얼른 말을 돌렸다.

"오늘 만난 멧돼지는 우리 고구마 훔쳐 먹은 범인 아니야. 텃밭에 새끼들 발자국은 없었잖아."

한서랑 아이들이 말했다.

"맞아, 외톨이 도둑."

"범인이었다고 해도 어쩌겠어. 우리가 못 이기는데."

"에잇, 삼겹살 구이는 포기."

길게 늘어진 그림자를 무겁게 끌며 한 발 한 발 내려왔다.

떡볶이

．．．．．．

10월 11일, 할아버지가 거울 앞에서 머리 빗다 말고 엉뚱한 소리를 했다.

"아무리 좋은 거울이래두 사람의 진짜 모습을 비출 수는 없는 기여."

내가 "진짜 모습? 그게 뭔데요?" 하니까 할아버지가 갸웃갸웃 생각하시더니 갑자기 고개를 푹 늘어뜨렸다.

"진짜 모습을 알라면 그 친구를 보면 안다는구만, 내 평생에 친구라고는 낡아 빠진 망태기하고 지게뿐이니…. 할망구도 일찍 가 버리구, 후우…."

괜히 물어본 것 같다. 마음이 무거워졌다. 이대로 머뭇거리다 보면 신세 한탄 소리를 더 들어야 할지도 모른다.

"다녀올게요."

작은 소리로 인사하고, 헛간 처마 밑에 낡아 빠진 망태와 지게 한테도 "안녕" 인사하고 집을 나섰다. 내리막길 내려오는 내내 앨범 속 사진에 있는 젊은 시절 할머니 모습이 떠올랐다. 나라도 할아버지를 비추는 좋은 거울이 되어야지, 마음먹었다. 그런데 나를 비추는 거울은 누구일까. 털복이? 순둥이?

졸참나무 밑에 늦털매미 한 마리가 몸 뒤집혀 몸부림친다. 날개로 바닥을 파닥이고 발로 허공을 긁는다. 발은 단단한 것을 붙잡고 날개는 허공을 저어야 날아갈 텐데, 거꾸로 되었다. 어두운 땅속에서 7년을 꼬물꼬물 굼벵이로 지내며 고생했는데, 벌써 죽을 때가 되다니.

"힘내. 조금이라도 더 살아야 해."

가만히 손 내밀어 내 손가락에 붙게 한 뒤 생강나무 잎사귀 위에 살며시 올려놓았다. 노랗게 물든 생강나무 잎사귀 끝에 맺혔던 이슬방울이 툭 떨어졌다.

감 장대 쥔 밤나무집 할머니가 나무 위를 쳐다본다. 감나무 밑에 털북숭이 개도 꿈쩍 않고 앉아서 쳐다본다.

"할머니, 안녕하세요. 털복아, 안녕."

장대 끝에 정신 집중하느라 내 쪽을 돌아보지 못한다. 장대 집게에 단단하게 집힌 감은 무사히 자루에 들어가고, 집게에서 빠져 버린 감은 털복이 뱃속으로 들어갔다. 털썩 떨어지는 순간 냅다 달려가는 녀석을 보니 감 맛을 잘 아는 것 같다. 해마다 이맘때가 감 먹을 때라는 걸 기억하는가 보다.

개 혀가 하얗다. 떫은 감 먹고 하얘진 혀를 보니 나도 모르게 웃음이 나왔다.

"털복, 떫은 감 많이 먹으면 변비 걸린대."

나무 밑에서 홍시 하나 주워 들고 손짓하며 불렀다.

"털복아, 이거…."

건네려다가 얼른 멈췄다. 할아버지가 누군가에게 선물 건넬 때 모습이 떠올랐기 때문이다. 할아버지 선물에는 늘 물건과 말이 한 묶음처럼 따라붙는다. 이야기를 품은 물건이라야 귀해지는 거라면서. 나에게 새로 만든 지게를 건네줄 때도 '이 지게는 싸릿재 비탈에 서 있던 소나무 가지를 잘라서 만든 건데…' 하며 한참 말을 늘어놓은 적이 있다.

나도 할아버지처럼 "털복, 이게 빨간 게 햇빛이 들어와서 빨간 거야. 그러니까 이 홍시로 말할 것 같으면…" 하며 아무렇게나 이야기를 지어내서 늘어놓았다. 녀석은 하나도 관심 없다. 내 손에 있는 걸 덥석 빼앗아서 바닥에 떨어뜨리더니 코를 박고 빨아들인다. 쩝쩝 먹으면서도 또 다른 먹을거리 찾느라 눈알 굴린다. 흥, 먹는 것만 저렇게 밝히니까 털복이는 나를 비추는 거울이랑 아주 거리가 멀다.

교실 창가가 떠들썩하다.

"고구마 맛탕은 포기. 재료가 멧돼지 뱃속에 다 들어갔어."

찬식이가 쩝쩝 입맛 다셨다.

"멧돼지 삼겹살도 포기. 우리가 멧돼지 뱃속에 들어가지 않은 것만도 다행이야."

유안이가 머리를 절레절레 저었다. 눈이가 눈 가늘게 뜨더니 고개를 갸웃했다.

"그 괴상한 소리는 장호 할아버지 목소리 아닐까? 산에서 우리를 감시한 것 같은데."

의심 많은 건 나와 비슷하다. 눈이한테 내 모습이 있는 것 아닐까 생각했다.

"뭘 하지?"

지후가 까만 눈알을 한 바퀴 굴렸다. 3월에 정한 규칙대로 우리 반은 계절별로 음식을 만들어 먹었다. 봄에는 진달래화전과 쑥 튀김, 여름에는 감자부침과 옥수수를 먹었는데, 가을이 문제다. 원래 계획은 고구마 요리를 하기로 했는데 멧돼지가 와서 망쳤고, 고구마 대신 멧돼지를 요리하기로 했는데 그것도 실패.

"오리 요리 어때?"

말하는 두찬이 입가에 웃음이 돌았다.

"안 돼!"

소리치는 수빈이 눈꼬리가 사납게 올라갔다.

"오빈이는 안 되고, 오후도 안 되고 오눈이도 안 되고, 오식이
도 안 되고…."

학교 오리장에 있는 오리 이름을 하나하나 들먹였다. 오리와
우리 반 아이들 이름 뒷글자를 합쳐서 붙인 이름이다.

"양심도 없냐? 날마다 정이 든 그 귀여운 오리들을 어떻게 먹
을 생각을 해?"

지후가 핀잔주었다. 두찬이가 쩝 입맛 다시더니 다른 의견을
냈다.

"그럼 치킨은?"

"안 된다니까!"

잔소리꾼 눈이가 야단치듯 이어 갔다.

"돈 주고 산 재료는 안 된다고 벌써 몇 번이나 말했잖아. 우리
손길이 닿은 걸로만 만드는 게 규칙이라니까! 넌 도대체…."

두찬이가 귀를 막았다. 눈이 입은 멈추지 않았다.

"왜 못 알아먹어? 넌 너 생각만 하고…."

말하는 입이 멈춘 사이 두찬이가 귀에서 잠깐 손을 뗐다. 뗀 손
으로 활시위 당기는 시늉하며 말했다.

"그럼 까마귀 치킨은? 내가 내일 까마귀 한 마리 잡아 올게."

"너나 먹어!"

눈이 입에서 튀어나온 소리가 닿기 전에 두찬이가 잽싸게 귀를 막았다. 소리는 1초에 340미터를 간다니까 누가 더 빠를지 모르겠다.

"떡을 맨글어 볼란?"

찬식이가 눈 깜박이며 말했다.

"떡 좋다. 곰도 떡을 좋아한대."

지후가 두찬이 쪽을 힐긋거리며 맞장구쳤다. 두찬이가 눈 부릅뜨고 바들바들 떨었다.

"떡! 떡! 나는 세상에서 떡이 제일 싫어. 차라리 신발을 튀겨 먹고 말 거야."

귀 막아도 들을 말은 듣나 보다.

"그럼 떡볶이는?"

눈이가 말 꺼내자마자 두찬이가 더 세차게 떨며 소리쳤다.

"나는 세상에서 떡볶이가 가장 싫어. 죽을 때까지 절대 안 먹을 거야. 차라리 냄비를 삶아서 뜯어 먹고 말겠어."

막 어긋나고 막 삐뚤어지기로 작정했나 보다. 눈이 목소리가 더 커졌다.

"넌 너가 하고 싶은 것만 하고, 듣고 싶은 말만 들어?"

귀 막은 두찬이가 아예 눈까지 감았다.

"이응. 난 듣고 싶은 말만 듣고, 보고 싶은 것만 봐."

눈이가 폭발했다.

"차라리 입을 닫아!"

"이응, 그건 내 맘이야."

지후가 열 손가락을 편 채 곁에 앉아 기다렸다. 욕 나오는 숫자
를 세려는 속셈이다.

"이 액체 괴물 같은…."

"이 썩은 달걀 같은…."

"너, 그게 바로 왕바이러스라는 거야. 백신 맞아도 소용없어.
코로나바이러스보다 더 무서운 거야. 정신 차려 인마!"

"이응, 너는 잔소리 대마왕 바이러스야. 너나 정신 차려."

막가는 두찬이나 막 퍼붓는 눈이나, 서로 비슷한 바이러스 아
닐까. 그러고 보니 막가고 막 퍼붓고 자기 말만 말인 줄 아는 녀
석이 또 하나 있다. 인천에 있는 그 녀석. 언젠가 녀석이 자기는
왕의 디엔에이를 가졌다나 어쨌다나 떠벌린 적이 있는데, 지금
생각해 보니 그게 바로 왕바이러스에 감염되었다는 소리였다.
백신 맞아도 소용없다지만, 커다란 바늘로 자꾸자꾸 맞았으면
좋겠다.

"난 떡볶이 좋아."

"나도."

아이들은 모두 찬성했다. 두찬이만 빼고.

"반대! 난 반대! 지구 끝까지 반대!"

두찬이가 이상하다. 회로가 고장 난 로봇처럼 안 하던 짓을 한다. 지난번 멧돼지 사냥 갔다 온 뒤로 아예 다른 사람이 되어 버렸다. 그날 화살처럼 쏟아진 비난이 가슴에 가시가 되었나 보다.

할아버지 말로는 누구나 가슴에 가시 하나쯤 간직하고 살아가는 거라고, 그게 독이지만 힘이 될 수도 있다고 했는데, 두찬이에게는 독인 것 같다. 점점 독이 퍼져서 '나 같은 것, 나 같은 것' 하며 스스로 판 구덩이 속에 거꾸로 처박히는 것 아닐까 걱정이 되었다.

두찬이가 반대하든 말든, 냄비 삶아 뜯어 먹든 말든, 우리 반은 떡볶이를 만들기로 했다.

"재료는 우리한테 다 있어."

"멧돼지가 안 건드려서 논은 멀쩡해. 연못도 멀쩡해."

봄에 판 구덩이를 서로 연결하고 합쳐서 세 개는 논, 두 개는 연못으로 만들었다. 원래는 구덩이 파고 그걸 다시 메우면 끝이었다. 그런데 규칙을 바꾸는 바람에 고생이 늘었다. 한서, 아니 나 때문이다.

구덩이를 메우는 대신 물 채워서 논 만들고, 연못 만들고, 모심고, 개구리 키우고, 물방개가 날아오고, 오리가 헤엄치고, 벼가 익고, 떡볶이 만들고….

한 가지를 하면 다른 일이 생겨나고 생겨나고 또 생겨나고, 끝도 없이 이어졌다. 길 가다가 막대기 하나 주워서 꽂아 두면 메뚜기가 앉고, 앉은 메뚜기 먹으려고 개구리가 뛰어오르고, 뱀이 솟구치며 개구리 뒷다리를 무는 순간 매가 날아와 뱀 대가리를 낚아채고, 개가 매를 덮치고…, 뭐 이런 식으로.

논에 물 채우는 것도 힘들었고, 모심고, 개구리 잡아넣고, 김매는 것도 힘들었다. 저절로 아이고 소리가 나왔다. 개구리 울고 물방개 헤엄치고 거미가 집 짓고, 벼 이삭 생기고, 벼꽃이 하얗게 피는 걸 보는 건 괜찮았다.

오리 키우는 건 더 힘들었다. 오리장 짓다가 망치로 손을 찧은 지후는 "그러니까 구덩이 메워야 한다니까. 이건 다 한서랑 눈이 때문이야." 하며 내내 투덜거렸다. 톱질하고 망치질하고 기둥 세우고 그물 둘러치고, 아이고. 오리는 먹는 것도 많아서 제때 먹이 안 주면 밥 줘라 밥 줘라 꽥꽥 시끄럽게 울어 댔다. 아침저녁으로 먹이 주는 것도 힘들고, 청소하고, 운동시키고, 알 꺼내서 파는 것도 힘들고. 고생이 끝도 없었다.

오리장 문을 열면 오리가 행진하는 것처럼 줄지어 나와 구덩이 연못에서 풍덩풍덩 헤엄치며 노는 걸 지켜보는 건 괜찮았다.

벼 베어 찧으면 쌀이 되고 떡이 되니까 가래떡은 해결했고, 오리가 알 낳으니까 오리알도 있다. 텃밭에는 양배추가 자라고, 파가 자란다. 떡볶이 재료는 다 있다.

"날짜를 언제로 할까?"

선생님이 달력 앞에 서서 손가락 내밀어 짚으려다 말고 지후 쪽을 돌아보며 흠칫 멈췄다.

"11월 11일 어때?"

손가락 대신 턱으로 날짜를 가리켰다. 가래떡 모양으로 생긴 숫자 1이 네 개나 모여 있는 날이기 때문이라 한다.

"정말 똑똑하고 잘생기셨네요."

지후가 칭찬했다.

"보는 눈은 있군."

선생님이 턱 밑에 브이자 모양을 하며 우쭐거렸다.

날짜는 정했다. 거두기만 하면 된다. 창고 벽에 걸어 둔 낫 챙겨 들고 논으로 갔다. 벴다. 베어 낸 벼를 묶어서 말렸다. 말린 벼를 털었다. 찧었다. 수빈네 할아버지가 갖다준 절구통에 벼알 넣고 절굿공이 쥐고 내리쳤다. 노랗게 빨갛게 물든 벚나무 가지에 앉아 조롱조롱 구경하던 참새들이 숫구치는 절굿공이에 놀라 한꺼번에 날아올랐다. 쿵 넣고 쿵 찧고, 쿵쿵 넣고 찧고, 박자가 짝짝 맞았다.

쌀알은 우리의 땀방울이나 마찬가지다. 봄부터 지금까지 엄청나게 고생했다. 길 가다가 코털 휘날리는 외계인 만나듯, 발 하나하나마다 신발 챙겨 신는 돈벌레 만나듯, 말도 안 되게 손이 많이 갔다. 밥 한 톨이 얼마나 귀한지 생각했다.

11월 11일 아침에 선생님이 가래떡을 가져왔다. 방앗간에서 찾아오는 거라고 했다.

"우리가 거둔 쌀로 만든 떡이야."

현미 쌀이라서 떡 색깔이 거무스름했다. 두찬이가 마구 나섰다. 가래떡을 한 가닥 집어 들고는 쭉 훑었다.

"치즈떡볶이란 건 말이야…."

가만 보고 있을 눈이가 아니다.

"어이, 왕바이러스! 그거 놔. 너는 너 신발이나 튀겨 먹어."

두찬이가 말을 바꾸었다. 뻔뻔한 말투로.

"내가 그냥 떡볶이는 안 좋아하지만, 치즈떡볶이는 좋아하거든. 내 꿈은 요리사가 되는 거야."

지후랑 아이들이 폭발했다.

"야, 네가 요리사면 그 식당은 망해!"

"네가 만들면 떡볶이에서 신발 맛이 날지도 몰라!"

"삶은 냄비나 뜯어 먹어!"

"가! 곰이나 잡아!"

"너 혼자 가서 왕 놀이하라고!"

폭풍처럼 몰아치는 말 주먹에 두찬이 꼬리가 처졌다. 눈가를 훔치며 힐끔힐끔 사라졌다. 구석에 숨어 들어가 실컷 울고 싶은 것 같다.

지후가 걱정스러운 말투로 물었다.

"두찬, 삐친 거야?"

"…"

내가 손을 길게 내밀며 불렀다.

"두찬아, 이리 나와."

"…"

"우리 같이 하자."

"…"

아이들이 한꺼번에 소리쳤다.

"나오라고!"

문 뒤에 숨어서 기웃기웃 엿보던 얼굴이 확 밝아지면서 나타났다. 두찬이가 다시 팔 걷어붙였다.

"치즈 치즈."

"냄비 냄비!"

"고추장!"

"가스 불 켜야지."

"치즈 더 넣어."

"아, 맞다. 냄비에 물 떠 올게."

앞뒤 순서도 없이 마구 서두르는 바람에 뒤죽박죽 점점 늦어졌다. 목소리 큰 눈이가 나서서 요리 차례를 정해 주었다. 오리알 삶고, 껍질 까고, 가래떡 삶고, 삶은 물 버리고, 물 다시 끓이고, 고추장을 풀었다. 우리 모둠이 고추장 풀고 떡을 넣을 때 찬식이네 모둠은 벌써 먹을 준비를 하고 있었다.

선생님은 하는 일도 없이 괜히 쓸데없는 말이나 떠벌리며 깝죽깝죽 돌아다녔다.

"오, 두찬이네 모둠 만든 게 모양이 더⋯."

그 소리 듣고 찬식이네 모둠 아이들이 따지니까 금방 또 말을 바꿨다.

"맛은 찬식이네 모둠에서 만든 게 더⋯."

찬식이가 "맛만 있으면 된다이. 겉모습은 아무러면 어떤?" 했다.

만든 떡볶이를 냄비째로 급식소에 가져갔다. 다른 학년 아이들이 하나둘 모여들기 시작했다. 다른 모둠에서 먼저 만든 건 먼저 먹어 치우고, 우리 것만 남았다. 그런데 조금씩 넉어 보너니 더 먹겠다는 애들이 없었다.

교장 선생님이 싱글벙글 아 맛있겠다, 하며 한 입 넣더니 곧 즐

거운 표정이 사라졌다. 옆 반 선생님도 한 입 맛보고 고개 저었다.

"이건 내 입맛이 아니야."

우리 떡볶이는 빛깔은 그럴듯한데 삶은 냄비 맛이 났다. 맛없는 치즈 오리알 떡볶이지만 그냥 버릴 수는 없다. 이제 우리 떡볶이 먹는 입은 우리 모둠뿐이다.

"음, 맛있다."

두찬이가 열심히 먹었다. 자기가 박박 우겨서 만든 게 이런 맛이 나왔으니 맛없다는 말 하기 곤란하겠지. 자기가 한 일에 책임지는 걸 보니 예전의 자존심 있는 두찬이로 돌아온 것 같다.

"너, 사냥하고 요리할 때는 도움이 안 되는데, 먹을 때는 도움이 되네?"

눈이가 칭찬했다. 모처럼 칭찬받은 두찬이가 냄비까지 삼킬 기세로 입에 넣었다. 코를 박고 쩝쩝 빨아들이는 모습을 보며 갑자기 떠올랐다.

"털복이!"

털복이의 거울이 바로 여기 있었다.

수돗가에 가서 설거지하고 돌아오니 의자에 밀가루 자루가 앉아 있다. 풍선 삼킨 개구리처럼 불룩한 배를 쓸며 헐떡이는 두찬이에게 지후가 소리쳤다.

"빨리 프라이팬이나 씻어!"

두찬이가 어기적어기적 일어서서 프라이팬 씻으러 갔다. 씻어 온 걸 보니까 프라이팬 바닥에 붙어 있던 오리알 껍질이 그대로 있다. 씻기 전이랑 별 차이가 없다.

"이게 씻은 거야?"

지후가 묻자 두찬이가 두 팔을 개구리 앞발처럼 찔끔 내밀며 변명했다.

"배가 너무 불러서 팔이 짧아졌어. 프라이팬 움푹한 곳까지는 도저히 손이 안 닿아."

눈이랑 지후가 이것 정리하며 버럭, 저것 정리하며 버럭 했다.

"넌 먹는 입 하나만 달랑 붙어 있는 짐승이냐?"

"요리사가 되겠다는 녀석이 뒷정리도 못 해?"

"요리에서 가장 중요한 게 뒷정리인 것 몰라?"

"…"

두찬이는 야단치는 소리 들으면서도 비스듬히 누워 허허 웃고 만 있었다. 앞으로 20년 동안 떡볶이 못 먹을 것 같다면서.

겨울 언덕

......

12월 30일, 아침마다 달력 앞에 서서 날짜를 지우며 이 숱한 날들이 언제 줄어드나 했더니, 어느새 0이다. 낼모레면 나랑 할아버지랑 털복이는 1씩 더 늘어난다. 우리 할아버지가 태어날 때 500살이었다는 늙은 물푸레 서낭나무도 나이를 한 살 더 먹어서 579살이다.

졸업식 마치고 헤어지던 날 두찬이가 맘속에 오래 간직한 말이 있다며 나를 불렀다.

"장호, 우리 자연인이 되자. 중학교 대신 산에 가서 약초 캐고 사냥하면서 사는 거야. 어때?"

"어… 한번 생각해 볼게…."

다른 건 몰라도 같이 사냥하자는 말은 믿음이 안 갔다. 멧돼지가 들이닥칠 때 왕버들 가지에 나무늘보처럼 붙어서 바들바들 떨던 모습이 떠올랐다. 사냥 갔다가 겨우 살아서 돌아온 다음 날, 아침밥 먹으면서 할아버지가 우리 반 아이들을 칭찬한 적이 있다.

"우리 장호가 동무를 잘 만났더라. 산은 서로 내 몸같이 아끼는 사람끼리 가는 거여."

그 칭찬 속에 두찬이는 빠졌을 것 같다. 밉지는 않다. 속으로는 겁쟁이면서 겉으로는 사나운 맹수라도 되는 것처럼 으르렁거리는 모습이 오히려 안쓰럽다. 두찬이는 처음부터 지금까지 변함없이 그대로인데, 내 마음만 바뀐 것 같다. 미워했다가 좋아했다가 의심했다가, 이러면서.

1월 9일. 밤새 내린 눈이 무릎만큼 쌓였다. 나무마다 하얀 눈 짐을 지고 축축 늘어졌다. 마당에 나가 소나무 가지에 쌓인 눈을 털다가, 놀이방에 들어서며 어깨에 내려앉은 눈을 털어 내던 누나 얼굴이 스쳐 갔다. 얼굴은 희미한데 동그란 눈과 하얀 옷은 그림처럼 내 눈 속에 남았다. 묻고 또 묻던 누나의 목소리는 끝없이 돌아가는 동영상처럼 내 귓속에 남았다. 기억을 떨쳐 내려고 세차게 고개 저었다. 세차게 장대 휘두르며 솔가지에 쌓인 눈을 털었다.

아빠한테 연락이 왔다. 잘 지내는지, 아픈 데는 없는지 물었다. 목소리를 듣고 있는 내 속에 가시가 돋았다. 하지만 "네네" 아무렇지도 않은 듯 대꾸했다.

먼지 뒤집어쓴 채 구석에 놓여 있는 선물 상자를 열어 보았다. 그동안 몇 번 열다가 그만둔 적이 있어서 속에 뭐가 들었는지는 대충 짐작한다. 그림 도구일 것이다. 스케치 공책과 색연필 같은 것들. 엄마 편지도 있지만, 이번에도 읽지 않았다. 조심스럽게 스케치 공책 사이에 두고, 다시 상자 뚜껑 닫았다.

언젠가 때가 되면 만나겠지. 여기까지 오는 내내 두 분은 없었다. 괜찮다. 내 곁에는 하늘 같은 할아버지가 있고, 그리고 별처럼 달처럼 비추는 친구들이 있으니까. 어쩌다가 벌어진 일들이 쌓이고 쌓여 여기까지 왔지만, 이제는 여기가 내 길이다. 나는 내 길을 가겠다.

두찬이한테 연락이 왔다.

"장호, 썰매 타자."

내 마음과 똑같아서 놀랐다.

"응, 갈게. 거기서 만나."

헛간 벽에 걸린 스키를 내렸다. 내가 여덟 살이 되는 새해 첫날 할아버지가 선물로 주셨다. 산벚나무를 깎은 뒤 여물 끓이는 가마에 넣고 원하는 모양이 나올 때까지 오랫동안 휘어서 만들었다고 한다. 물결 퍼지는 듯한 무늬가 겹겹이 이어져서 발 딛고 올라서면 파도 위를 달리는 기분이 든다. 바로 옆에 걸린 할아버지 스키랑 무늬가 비슷하다. 크기도 비슷하다.

할아버지는 스키를 썰매라고 하는데, 산벚나무로 만든 게 최고라고, "산벚낭그는 새가 버찌 열매 먹고 여기저기 똥 눠서 심군 낭그잖어. 새가 심군 낭그께이 썰매 맨들어 신으면 새처럼 어디든 자유로운 거여. 날 듯이 팽팽 힘이 넘치고." 하셨다. 내 생각에 할아버지가 산벚나무 말고 다른 나무로 만들었다면, 또 거기에 맞추어 어째서 그 나무가 최고인지 한참 늘어놓았을 것이다. 이야기를 품은 물건이라야 귀하고, 그것을 지닌 사람도 귀해진다나 어쩐다나 하면서.

젊은 시절 산벚나무 스키 신고 겨울 산으로 멧돼지 사냥을 다녔다는 할아버지는 스키 위에 올라서기만 하면 갑자기 다른 사람으로 바뀌었다. 목소리 쩌렁쩌렁 1만 년 전 원시인 사냥꾼이 되어 하얀 눈밭을 펄펄 날았다.

나도 할아버지 뒤를 따르며 엎어지고 자빠지고 하다 보니 어느새 가고 싶은 데로 가고, 멈추고 싶은 데서 멈출 수 있게 되었다.

"털복아, 너도 썰매 타러 갈래?"

털복이가 좋아라 따라나섰다. 털복이 목에 빨간 목도리 둘러 주고 비료 포대를 건넸다.

"넌 이거 타."

털복이는 비료 포대 위에 앉고, 나는 스키에 발을 올렸다.

"준비됐지? 출발!"

발 올리자마자 저절로 슉 미끄러져 나갔다. 어릴 때 타 보고 처음 탄다. 하지만 늘 타던 것처럼 익숙했다. 내리막 씽씽 달리는 내내 할아버지 목소리가 뒤따라오며 "굽혀, 낮춰, 숙여, 힘줘" 알려 주는 것 같았다. 금방 마을 어귀까지 내려오고 말았다. 내가 지나온 자리에 뱀처럼 긴 줄이 생겼다.

스키를 벗어 어깨에 둘러멨다. 저 뒤에 털복이가 왔다. 비료 포대는 어디다 내팽개치고 네 발로 푹푹 빠지며 달려왔다.

털복이랑 둘이 걸었다. 두더지 구멍 같은 길이 구불구불 마당에서 마당으로 이어졌다. 이른 아침 마을 어른들이 뚫어 놓았나 보다.

구불구불 길 따라가다가 수빈네 집까지 왔다. 수빈네 집 외양간 처마에 달린 고드름이 바늘 끝처럼 날카롭다.

"수빈아, 썰매 타자."

수빈이 방 창문이 열렸다.

"어, 잠깐만."

기다리는 동안 외양간에 들어가 순둥이가 잘 있는가 살폈다.

"순둥아."

워낭 소리가 챙그랑 울렸다. 순둥이가 고개 돌려 허연 입김을 뿜는다. 긴 속눈썹 속에 내 얼굴이 비쳤다. 손 내밀어 주름진 목 덜미를 어루만져 주었다.

"순둥아, 너도 썰매 타러 갈래?"

아무 대답 없다. 넓적다리 살 움찔거리며 앞발을 두어 번 들었다 놨을 뿐이다. 하긴 소가 썰매를 타는 건 아무래도 이상할 것 같아서 더 이상 말 안 꺼내고 돌아섰다.

"잘 있어. 봄 오면 같이 산에 가자."

수빈이랑 셋이 걸었다. 눈이네 집이 가까워지니까 털복이가 앞서 달려갔다. 눈이네 집 개 멍순이랑 서로 반갑다고 앞발로 머리를 툭툭 친다.

"눈이야, 썰매."

수빈이가 부르자 창문이 열렸다 닫혔다.

"응, 금방 나갈게."

신난 목소리다. 수빈이가 "눈이는 정말 눈을 좋아해. 눈이란 이름도 엄마 아빠가 눈을 좋아해서 지어 준 이름이래." 했다. 눈이 크고 눈치가 빨라서 눈이인 줄 알았는데, 내가 그동안 잘못 알고 있었나 보다.

눈이가 꽁꽁 싸매고 나왔다. 목에 하얀 털목도리 두르고 하얀 마스크 쓰고 하얀 잠바를 껴입었다. 하얀 장갑 낀 손에는 하얀 요

소비료 포대를 들었다.

"너, 눈 위에 서 있으면 완전 눈사람이야."

내 말에 눈이가 눈사람처럼 되뚱거리는 시늉하며 웃었다.

"북극곰 아니고?"

수빈이 말에 눈이가 곰처럼 가슴 쿵쿵 치는 시늉하며 웃었다. 바보라고 하면 바보, 천사라고 하면 천사가 되는 놀이를 하는 것 같다.

셋이 걸었다. 털복이는 멍순이랑 노느라 우리가 가는 줄도 모른다. 마음 맞는 저들끼리 눈 속을 뒹군다. 마구 달려가는 개 둘레로 장난꾸러기 바람이 함께 몰려다니며 눈밭에 희끗희끗 눈가루를 날렸다.

늙은 서낭나무 아래서 기다리니 아이들이 하나둘 모여 왔다. 저 멀리서 펄쩍펄쩍 뛰며 내 쪽으로 손 흔드는 누런 머리를 향해 나도 손 흔들었다.

"받아라!"

던진 눈덩이가 날아와 내 발밑에 툭 떨어지기 전에 나도 던졌다.

"이얍!"

다시 던지려다 말고 누런색 비료 포대를 벗는다. 누렇게 보였던 머리가 까만색 두찬이 머리로 홀렁 바뀌었다.

"그건 뭐야?"

만나서 반갑다는 말도 없이 고개 쭉 빼서 내 어깨 쪽을 본다.

"스키. 할아버지가 만든 거."

"와, 나도 그런 거 만들고 싶다."

"내일 같이 스키 만들까?"

"신난다!"

펄쩍 뛰어오르더니 철퍼덕 자빠진다. 눈 위에 다리 몸통 머리 팔, 사람 모양이 움푹 생겼다.

"오늘은 너 먼저 타."

어깨에 멘 스키를 벗어 두찬에게 건넸다. 대신 두찬이가 건네는 누런 복합비료 포대를 받았다. 내일은 둘이 산벚나무 베러 가야지, 마음먹었다.

썰매 도구 손에 든 아이들이 하나둘 모여들었다. 유안이랑 지후는 질소비료 포대, 찬식이는 밤색 플라스틱 대야를 머리에 썼다. 대야는 앞뒤가 없어서 방향 잡기가 어려울 텐데, 찬식이는 오히려 그게 더 재밌을 거란다. "이게 바로 전설의 회오리 썰매" 하며 자랑스러워했다. 2학년 아이는 가게에서 산 파란색 플라스틱 썰매를 들었다. 4학년 지연이랑 1학년 두 아이는 하얀 비닐을 손에 들었다. 빨간 목도리 두른 털복이만 아무것도 없는 빈손이다.

"얍!"

날아오는 눈덩이와 함께 한서가 왔다. 잠바 품속에서 꽁꽁 접은 비료 포대를 꺼낸다. 영양소가 풍부하다는 글자가 빽빽하게 새겨진 유기농 거름 포대다. 감기 걸려서 밖에 나오면 안 되는데, 엄마 몰래 나오느라 숨긴 거라 한다.

"어, 여기 사람 있다!"

1학년 라온이가 눈 위에 벌렁 자빠졌다. 방금 두찬이가 누웠던 자리 옆에 또 하나 사람 모양 자국이 생겼다. 눈이가 자빠졌다. 아이들이 차례대로 자빠졌다. 자빠지고 또 자빠졌다. 아이들 자국이 기찻길처럼 이어졌다.

"출발!"

서로서로 등에 묻은 눈 털어 주고, 이사 가는 땃쥐 식구들처럼 앞사람 허리 잡고 칙칙폭폭 걸었다.

늙은 물푸레나무가 서 있는 서낭당을 지나 논둑길 걸을 때 앞서가던 두찬이가 털썩 엉덩방아 찧으며 소리쳤다.

"멧돼지다!"

앞 논에 털빛 누런 녀석들이 귀 쫑긋 세우고 서서 이쪽을 본다. 얼른 몸 낮추며 숨었지만 이미 낌새챈 뒤였다. 노루 셋이 하얀 눈 속을 푹푹 빠지며 달아났다. 엉덩이에 하얀 눈덩이 한 개씩 붙이고 뛰는 것 같다. 뒤 한 번 안 돌아보고 도망치는 노루를 보다가 나도 모르게 두 손으로 얼굴 가리며 "바보 같은 놈, 바보 같은 놈,

나는 바보란 말이야" 중얼거렸다. 내가 휘두른 주먹에 맞아 얼굴 감싸며 뛰쳐나가던 선생님의 뒷모습이 하얗게 멀어졌다. 그동안 마음속으로 수없이 후회하고 사과하고 용서를 빌었지만, 선생님이 내 마음을 알아줄 리 없다.

"털복아, 안 돼!"

털복이가 노루 뒤를 따랐다. 빨간 목도리가 바람에 휘날렸다. 두찬이가 엉덩이를 툭툭 털며 "활이 있어야 하는데" 중얼거렸다.

함께 노루 있던 자리에 가 보았다. 밟아 댄 자리가 움푹 꺼져 있다.

"완전 늪인데."

"눈 속에서 지푸라기를 파헤쳐 먹었나 봐."

"아직 볏짚이 남았으니까 밤에 또 내려올 거야."

아이들이 떠드는 동안 내 눈은 움푹 꺼진 자리에 머물렀다. 시간이 지났지만 나는 여전히 내가 밉다. 어른들이 밉다. 엄마 아빠가 밉다. 아니, 안 밉다. 내가 미워할 수 있는 사람은 세상에서 오직 하나, 두한이뿐이니까. 그래서 나는 그 아이, 두한이가 밉다. 두한이도 내가 밉겠지. 서로 미우니까 우리는 서로 불행하다. 구덩이 속에 거꾸로 처박혀 버둥버둥 몸부림치는 짐승처럼. 영원히.

"장호, 괜찮아?"

두찬이가 손에 든 지푸라기로 내 어깨를 톡톡 건드렸다. 아무렇지도 않은 듯 웃음 지었다.

털복이가 헛바닥 헥헥 내밀며 돌아왔다.

"털복, 괜찮아?"

괜찮다고 한다. 놀자고 따라갔을 텐데, 노루가 그 마음 알아줄 리 없다.

"가자!"

노루 발자국 따라 걷다 보니 어느새 초막골 어귀로 들어섰다. 뿌북뿌북 발소리 내며 오르막을 올랐다.

뱁새 떼가 비비비비, 눈 쌓인 덤불 위를 낮게 날며 먹이 찾는다. 잔솔밭에 꿩이 꿔궈꿩 날아올랐다. 튕겨 오르듯 강렬하게 날갯짓하며 멀어졌다. 잘 가, 손짓했다. 머리 위로 물까치가 난다. 입에 찔레 열매 하나씩 따 물었다. 입술 칠하고 나들이 가는 할머니들처럼 붉은 입들이 줄지어 간다. 새파란 하늘로 까마귀가 날아갔다.

우리도 깍깍거리며, 퍼덕거리고, 헉헉거리며 초막골 오르막길을 올라갔다.

"흐아아, 차라리 바위 밀고 가는 게…. 난 더 못 간다이."

찬식이가 오르막 중간쯤에서 털썩 앉아 버렸다. 커다란 대야를 뒤집어쓴 몸이 바위처럼 가로막으니까 앞이 캄캄했다. 지후

랑 눈이가 분통 터트렸다

"겨우 그따위 체력인 게."

"그때 네가 바위를 밀다가 새끼발가락 삐었다는 것도 거짓말이지?"

찬식이는 바위보다 자기 몸이 더 무겁다며 허허 웃기만 했다.

"네가 눈사람인 줄 알아?"

"무릎 세워! 일어나! 움직이라고!"

찬식이가 아예 누워 버렸다. 한번 심통 부리기 시작하면 소보다 힘이 센 자기 엄마도 이겨 먹는다는 왕고집을 누가 말릴 수 있겠나. 내가 살살 달랬다.

"죽겠다 죽겠다 죽겠다 열 번만 해 봐. 그러면 넌 다시 힘이 나잖아. 자동차 엔진처럼."

찬식이가 고개 저었다.

"여름에 수박 짊어지고 갈 직에는 멀쩡한 흙길이라서 죽겠다 죽겠다 그리면 엔진이 힘을 썼거덩. 시방은 미끄러운 눈길이라 글렀어. 어림없다이."

유안이가 찬식이 입에 과자 부스러기를 넣어 주었다.

"연료 채웠으니까 이제 힘이 날 거야. 너가 밑으로 구르면 저 아래 오는 애들 다 깔려 죽어. 힘내."

무거운 찬식이가 몸 일으키려다가 다시 주저앉았다. 몸은 꿈쩍 않은 채 입술만 움직이며 투덜거렸다.

"아이고, 나도 날개가 있으면 얼매나 좋겐?"

지후가 핀잔했다.

"넌 날개가 있어도 못 날아."

유안이가 뒤에서 밀며 북돋아 주었다.

"아냐, 날 수 있어. 우리가 날개잖아. 날자!"

우리가 날개란 말이 마음에 남았다. 아이들이 몰려와서 밀었다. 나랑 유안이는 찬식이 등을 밀고, 눈이는 내 등을 밀고, 한서는 눈이 등을 밀었다. 지후랑 수빈이는 찬식이 손을 잡고 앞에서 당겼다.

"하나둘, 하나둘. 밀어!"

"당겨!"

"시동 걸렸다!"

"앙, 여기 연료 더 채워야 한다이!"

"우리가 합치면 바위도 옮길 수 있을 거야."

동무들과 함께라면 못 할 게 없을 것 같다. 바위 밀고 올라가는 벌을 받는다 해도 보람 있게 해낼 것 같다. 두한이 녀석 밀어주는 것만 빼고. 아니, 지금 여기라면 두한이 녀석이라도 밀어 줄 수밖에 없을 것 같다.

다 올랐다. 노루 발자국은 멈추지 않고 산등성이 따라서 줄줄이 이어졌지만, 우리 발걸음은 이쯤에서 멈추기로 했다.

언덕 꼭대기 여기서부터 썰매 길을 내기로 했다. 첫 길이 중요하다. 처음이 비뚤면 두 번째 세 번째도 비뚤고, 점점 비뚤어지다가 비탈 구렁으로 내달려 처박히기 쉽다.

"기다려. 저 밑에서 신호하면 내려와."

내가 바닥에 비료 포대 놓고 반쯤 누워 썰매 길을 닦았다. 두 손, 두 발로 눈 밀어 내며 나아갈 때마다 등때기 밑에서 뿌드득꾸득 눈 다져지는 소리가 났다. 직선으로만 내려가면 시시하니까 비스듬히 돌면서 몸이 한쪽으로 쏠리도록 닦았다. 뱀처럼 구불구불 어지럽도록 닦았다. 맨 밑에 내려와서는 방지턱을 쌓았다.

"다 됐다! 내려와!"

비료 포대 높이 들고 언덕을 향해 손 흔들었다. 내가 내려온 자리로 한서가 내려왔다. 눈이가 내려오고 유안이가 내려왔다. 내려올수록 빤질빤질 다져지니까 속도가 점점 빨라졌다. 어쩌다 보니 생긴 길인데 원래부터 있었던 길처럼 자연스러웠다. 시작은 우연인데, 우연이 쌓이고 쌓여 결국은 진짜 길이 되었다.

노루가 마을 논에 내려온 것도 우연, 노루 발자국 따라 걸은 것도 우연, 노루가 이쪽으로 도망친 것도 우연, 뒤따르던 우리 발걸음이 여기서 멈춘 것도 우연이다. 내가 내 맘대로 닦은 썰매 길도 우연이다. 하지만 이제는 정해진 길이다.

내가 언덕 꼭대기에서부터 다시 내려갔다. 원래 있었던 길을 달리듯 쌩쌩 달렸다. 내리막 중간쯤 턱진 곳에서 내 몸이 붕 떴다. 나도 모르게 소리쳤다.

"날자!"

금방 털썩 가라앉으면서 눈가루가 확 끼쳐 왔다. 내 뒤에 내려온 4학년 치연이도 같은 곳에서 소리쳤다.

"날자!"

1학년 라온이는 비료 포대를 엉덩이 뒤에 대고 어찌해야 할지 쩔쩔맸다. 내가 겁먹지 않도록 말해 주었다.

"몸을 더 눕혀. 눕힐수록 빠르고, 세울수록 느려. 속도가 너무 나면 앞으로 숙이면서 발을 바닥에 대."

"이렇게?"

"그렇지! 가려는 쪽으로 윗몸을 먼저 틀어. 그러면 썰매가 그쪽으로 나가."

나도 모르고 있었는데 이야기하다 보니 알게 되었다. 누군가에게 배워서 아는 게 아니라 누군가를 가르치면서 아는 것 같다.

몸을 눕혔다 세웠다 조심조심 내려 달리던 라온이가 턱진 곳에서 붕 뜨며 소리쳤다.

"나자!"

찬식이는 우우우우우우 소리치며 플라스틱 대야와 함께 빙글빙글 미끄러지다가 턱진 곳에서 덜커덩쿵쾅 웩, 굴러떨어졌다.

"우왁! 아이구 똥방뎅이야!"

소가 나자빠진 것 같았다.

스키 신은 두찬이는 썰매 길을 벗어나 미끄러지면서 고꾸라졌다. 박 서방 할아버지처럼 거꾸로 박혀서 꼼짝 안 했다.

"별 보여?"

"목마르면 오줌 눠."

"……."

"죽은 것 아냐?"

걱정하며 다가가니 갑자기 벌떡 일어나서 다시 달렸다. 엎어
지면서 실력이 느는 것 같았다.

"우우우, 간다!"

"으아악! 꽥!"

장갑이 젖었다. 양말이 젖고 바지 엉덩이에 물기가 찼다. 초막
골 골짜기가 아이들 목소리로 가득 찼다. 저녁노을이 설악산 꼭
대기 하늘을 물들였다. 새빨갛고 새카만 구름이 나를 내려다보
고 있었다.

3월 18일, 할아버지와 둘이 산다는 그 아이가 교실로 왔어. 눈 마주치지 않고 입을 꾹 닫아 버린 아이였지. 작은 친절도 의심하고 몸 웅크렸어. 사람에 대해 마음의 문을 꽁꽁 닫은 것 같았어.

4월 어느 날 연못 만들 구덩이를 파는데, 모두 숨차고 힘들다며 헉헉거릴 때 그 아이가 나섰어. 삽자루 쥐자마자 쌓인 분노를 폭발시키듯 쉬지 않고 삽질하더군. 땅은 금방금방 깊어졌지. 구덩이 파는 것 하나는 인정할 수밖에.

"와, 삽질 최고. 너 잘하는 게 있구나."

누군가 엄지손가락 척 올리며 칭찬했지. 그 아이 눈이 반짝 빛났어.

아침 말하기 시간에 아이들이 보여 주는 세계는 아주 작았어. 손바닥만 한 휴대폰, 30센티 그 안쪽 오그리고 쪼그라든 세계에 갇힌 것처럼 뻔한 얘기들이야.

"크리스마스에 솔로라서…, 지은이가 누구를 좋아하는데…, 요즘 유행하는 쇼츠는…."

그 아이는 달랐어. 눈길이 30센티 너머, 참나무 가지에서 울어 대는 까마귀와 고양이가 엎드린 담벼락, 바람 불고 싹이 돋는 밭 두둑과 애벌레가 꾸물꾸물 기어가는 흙바닥에 머물렀지. 그 아이가 입을 열면 듣는 아이들 귀가 쫑긋 섰어.

"추운 아침에 웅크리며 개밥 주러 가서 보니까 개와 고양이가 껴안고 자요. 둥글게 만 개의 품에 고양이가 안기듯이 파고 들어 가…."

잘 보는 건 인정할 수밖에. 몇몇 아이들이 칭찬했지.

"와, 신기한 눈이다. 삽질만 잘하는 게 아니었어."

인정이 늘어날수록 점점 말문이 열렸어. 그 아이는 멀리 봤고 낱낱이 봤고 새롭게 봤어. 남들 눈에는 안 보이는 것들이 그 아이 눈에는 보이는 거야.

"점심 먹고 뒷산에서 깨액깩 소리가 나서 바라보니까 물까치 떼야. 검은 모자 잿빛 조끼 걸친 물까치가 떼로 몰려와 날고 있 어. 가래나무와 산벚나무 잎 떨어진 가지 사이에서 후두둑후두둑 팔 아프게 날갯짓해. 서로 의논을 하는 것 같기도 하고 뭐라 꾸짖는 것 같기도 하고."

친구들의 눈 밖에서 맴돌던 그 아이, 장호가 모두의 눈 속으로 들어왔어. 장호 덕분에 아이들은 나무와 새와 새 울음소리에 관심이 생겼지. 계절에 따라 다른 개구리가 운다는 것을 알았고, 무당벌레를 손끝에 올려 날려 보낼 수 있게 되었어. 산벚꽃 피는 봄부터 눈썰매 타는 한겨울까지 자연 속에서 놀아 보았고.

친구들과 함께하며 장호는 더는 움츠러들지 않았어. 나 같은 것 나 같은 것, 하며 자기 자신을 할퀴던 날카로운 손톱이 사라졌고, 두더지처럼 파고 들어가 앉아 혼자 끙끙 앓던 자기 구덩이에서 벗어났지. 친구들과 함께 자연에서 용기를 얻고, 자연에서 자기 자신을 찾았어. 그 힘으로 남을 돌아보게도 되었지.

장호네 할아버지 말로는, 주는 대로 받아들이기만 하는 사람은 영혼의 크기가 점점 쪼그라져서 콩알만 하게 된대. 죽은 나뭇등걸처럼 감각이 무디어진대. 자꾸만 웅크리는 아이들을 만나면서 내 마음속엔 장호가 더 크게 자라났어. 책을 읽는 여러분도 장호와 친구들처럼 30센티 너머 세계를 만날 수 있기를. 자기 말과 감각을 되찾고, 자연 속에서 생생하게 자라나는 자연의 아이가 되기를.

삼태기골

그림 나오미양

대학에서 의류직물학을 전공했고 지금은 일러스트레이터로 활동하고
있습니다. 식물을 잘 돌보지는 못하지만 흙냄새와 풀 냄새를 좋아해서
자꾸만 화분에 씨앗을 심습니다.
《청소년 백과사전》《사라진 소녀와 그림 도둑》《내가 그릴 웹툰》들에
그림을 그렸고 직접 쓰고 그린 책으로는《겨울 동네》가 있습니다.

장호

1판 1쇄 2025년 1월 7일

글쓴이 탁동철
그린이 나오미양
펴낸이 조재은
편집 이혜숙
디자인 하늘·민

펴낸곳 (주)양철북출판사
등록 2001년 11월 21일 제25100-2002-380호
주소 서울시 영등포구 양산로 91 리드원센터 1303호
전화 02-335-6407
팩스 0505-335-6408
전자우편 tindrum@tindrum.co.kr

ISBN 978-89-6372-443-0 03810 | **값** 17,000원

┌── 어린이제품 안전특별법에 의한 기타표시사항 ──┐
제품명 아동도서 **제조자명** ㈜양철북출판사 **제조국명** 대한민국 **사용연령** 10세 이상